A

collection dirigée
par Edwy Plenel

Dans la même collection

JEAN-PAUL BESSET, *René Dumont*

JEAN-MARIE CHARON, *Cartes de presse*

CHRISTINE DAURE-SERFATY, *Tazmamart*

CHRISTINE DAURE-SERFATY et ABRAHAM SERFATY,
   La Mémoire de l'autre

PASCALE FROMENT, *René Bousquet*

GILLES GAETNER, *L'Argent facile*

ANTOINE GLASER et STEPHEN SMITH, *L'Afrique sans
   Africains*

ALAIN JOXE, *L'Amérique mercenaire*

JORGE MASETTI, *La Loi des corsaires*

EDGAR MORIN, *Mes démons*

BERNARD PAILLARD, *L'Épidémie*

PIERRE PÉAN, *Vol UT 772*

ANNE TRISTAN, *Clandestine*

REBELLE

Lounès Matoub

Rebelle

avec la collaboration de Véronique Taveau

Stock

À ma famille,
À tous les militants de la cause berbère,
Aux démocrates algériens assassinés,
Et à tous ceux qui m'ont soutenu
dans ces épreuves.

Il y a des temps où l'on ne doit dépenser
le mépris qu'avec économie
à cause du grand nombre de nécessiteux.

CHATEAUBRIAND.

1

À cinq ans, j'ai failli mettre le feu au village. Ma première bêtise – j'ai presque envie de dire mon premier fait d'armes. Les conséquences auraient pu en être dramatiques. Ce jour-là, avec quelques copains de mon âge, nous jouions, en toute innocence. Sauf que la situation de l'époque ne se prêtait guère à l'innocence. Nous étions en pleine guerre d'indépendance et on ne parlait à l'époque que de maquis et d'occupation française. Ma mère n'avait pas le temps de me surveiller. Elle était seule avec ma grand-mère dans notre maison de Taourirt Moussa, un village de Kabylie. Elles avaient beaucoup de mal à joindre les deux bouts. Ma grand-mère avait une force de caractère extraordinaire. C'était

le pilier de la maison, qu'elle gérait et organisait. Elle devait aussi se sentir seule parfois : ses trois fils étaient à l'étranger, dont
mon père, qui, comme beaucoup de
Kabyles, avait choisi la France. Il n'y avait
pas de travail chez nous. Il envoyait à ma
mère l'argent dont nous avions besoin.
C'était l'essentiel de notre revenu.

Enfant unique – ma sœur est née l'année
qui a suivi l'indépendance –, j'étais, on l'aura
deviné, turbulent. Ce que l'on appelle un
gamin difficile. Seul « homme » dans un uni-
vers peuplé de femmes, j'étais gâté plus que
de raison malgré nos faibles moyens, mais
nous n'avions pas ou peu de jouets, sauf
ceux que nous parvenions à nous fabriquer :
il nous fallait être imaginatifs et inventifs.

Il faut avoir vécu cette période pour
mesurer la tension qui régnait dans nos villages de Kabylie. Si, pour nous, les enfants,
cette guerre était une aubaine, puisque nous
disposions d'une liberté presque totale, les
adultes n'ayant pas le temps de nous surveiller, pour nos familles, pour les hommes
surtout, c'était l'occupation, l'humiliation. Il
y avait les maquisards. Il y avait les Fran-

çais. Pour nous, la ligne de partage allait de soi : d'un côté les gentils et de l'autre les méchants. Je voulais être comme les adultes que je voyais conspirer à voix basse. Je les enviais. Je voulais jouer «au grand», faire tout ce qui était interdit aux gosses de mon âge. J'étais un Moudjahid. Un combattant, malgré mes cinq ans.

Ce jour-là, donc, j'étais parti avec ma petite bande. Un peu à l'extérieur du village, il y avait deux «gourbis», ces sortes de cabanes faites de branchages et de chaume que l'on trouve si fréquemment chez nous. Ils appartenaient à des voisins mais ma famille y entreposait du foin. Moi, j'avais l'habitude de m'y réfugier pour jouer. C'était ma cachette secrète. Une fois de plus, j'avais ramassé tous les mégots que j'avais pu trouver et, muni de ces précieux trésors et de quelques allumettes, j'étais allé avec un copain me cacher pour fumer.

Dans l'un des gourbis où nous avons craqué des allumettes, le feu s'est déclaré, embrasant les ballots de foin, puis s'est propagé en menaçant le village tout entier.

J'avais peur mais, en même temps, je ressentais une certaine fierté. Je venais sans nul doute de faire quelque chose d'important.

En effet, les Français – notre village était encerclé par trois camps de l'armée – ont aussitôt pensé à une provocation, une action des maquisards. Tout le village a été réuni, hommes, femmes et enfants, sur la place centrale. C'est à ce moment-là que je me suis rendu compte que j'avais fait une énorme bêtise. Je ne voulais pas me dénoncer. Mes copains non plus, d'ailleurs : nous avions trop peur. Une fois l'incendie éteint, les habitants ont cherché les coupables. L'événement était assez grave pour que tous les moyens aient été mis en œuvre afin de démasquer le ou les incendiaires.

Je ne me souviens plus de la façon dont les choses se sont exactement déroulées, mais, à mon grand effroi, nous avons fini par être découverts.

Les voisins propriétaires des gourbis s'étaient adressés aux maquisards pour obtenir réparation : à l'époque, malgré leur clandestinité, ils continuaient à organiser la vie du village au nez et à la barbe des Français. Chaque fois que cela s'avérait nécessaire, ils rendaient la justice. Et leurs décisions étaient absolument sans appel : personne n'aurait osé s'opposer à eux.

Ils sont donc venus chez nous et ont demandé à ma mère de leur livrer le « coupable », dont ils avaient appris le nom, afin de le juger. Ma mère est allée me chercher. Je n'étais pas bien grand et elle m'a installé sur son dos, comme les femmes le font chez nous. La voyant revenir apparemment seule, les maquisards, un peu énervés, lui ont demandé où était l'auteur du délit. « Là », leur a simplement dit ma mère – et elle m'a désigné du doigt. Ils s'attendaient à voir un adulte, ils ont découvert un petit bonhomme de rien du tout. Pris d'un fou rire, ils ont eu cette réflexion : « Des gosses comme ça voudraient-ils incendier des villages ? Ils sont l'innocence même. » C'est cette « innocence » qui m'a sauvé d'une raclée certaine. Je m'en étais, cette fois-là, plutôt bien tiré.

Nous étions en 1961. Nous vivions des

moments difficiles, des moments importants pour notre histoire et pour l'avenir de
notre pays. Les souvenirs que j'ai gardés de
mon enfance, comme celui-ci, sans doute le
plus lointain, sont à la fois riches et tendres.
Ils ont très profondément marqué le petit
garçon que j'étais. J'étais turbulent, je le suis
toujours. Rebelle. Je le serai toute ma vie.

Je suis né le 24 janvier 1956 sur les hauteurs du Djurdjura, dans une famille
modeste. Ma mère, une femme mer-
veilleuse, a toujours fait tout ce qu'elle pouvait pour atténuer l'absence de mon père.
En 1946, il avait dû quitter le pays pour aller
en France, seul moyen à l'époque de faire
vivre sa famille. De lui, nous avions peu de
nouvelles. De temps en temps, une lettre
nous parvenait. Il nous disait que, loin des
siens, la vie n'était pas facile. Nous lui manquions beaucoup, comme lui manquaient
aussi ses montagnes, son pays, ses repères.
C'est en France qu'il a vécu les premiers soulèvements de la guerre d'Indépendance, en
1954 – ces « événements », comme on les

appelait alors, qui allaient devenir la guerre d'Algérie.

Ma mère n'avait pas la tâche facile avec moi. Elle tenait à la fois son rôle et celui du père. Elle devait travailler dur pour m'élever. Souvent j'allais la rejoindre dans les champs où je la regardais, des heures durant. Je l'admirais profondément.

Elle travaillait dans nos champs mais également dans ceux des autres. Lorsque j'allais la voir, après l'école ou les jours de vacances, elle était tout le temps en train de chanter avec les autres femmes. Elles s'interpellaient d'un champ à l'autre et reprenaient en chœur de superbes chants kabyles, tout en gaulant les olives.

Lorsque ma mère était à la maison, quelle que fût sa tâche, elle chantait. En roulant le couscous, en rangeant, elle chantait. Je crois que c'est elle qui m'a véritablement initié à la chanson.

Sa voix est très belle, plus belle que la mienne, avec quelque chose d'envoûtant, de doux et puissant à la fois. Dans le village, lors des fêtes et des veillées funèbres, c'est à elle que l'on faisait appel. Cette voix m'a bercé toute mon enfance.

Ma mère n'est pas instruite, elle ne sait pas lire, mais elle conte divinement bien dans un langage d'une richesse étonnante. J'ai encore le souvenir des veillées, le soir au coin du feu. Ma mère éveillait mon imagination avec de merveilleux contes kabyles qui parlaient de sultans, de guerriers, de femmes superbes. Il y avait dans ses paroles comme une magie. Les mots étaient tout en subtilité, en nuances, et ses contes devenaient de véritables poèmes.

Pour elle, qui n'a jamais pu aller à l'école, l'instruction – la mienne – était essentielle. Il fallait que j'obtienne ce « savoir », cette éducation qu'elle aurait tant souhaité avoir. Elle voulait que je sois savant, ce serait sa revanche. Bien sûr, pour moi comme pour beaucoup de garçons de mon âge, apprendre était loin d'être ce qu'il y avait de plus important dans la vie : je passais plus de temps dehors, dans les champs, à jouer avec mes copains, que dans la salle de classe. J'avais fait de l'école buissonnière un art de vivre. D'ailleurs, j'avais décidé une fois pour toutes que l'enseignement scolaire n'avait rien à m'apporter, qu'il n'était pas pour moi. Le seul fait de m'ennuyer ferme en classe suffisait à me faire détester l'endroit. Pourtant, je dois reconnaître qu'à l'époque l'école avait un sens. On y dispensait un véritable savoir. Celle de mon village, construite à la fin du siècle dernier, était de pur style colonial. Aujourd'hui encore, c'est l'une des plus vieilles de Kabylie.

La première fois que j'y ai mis les pieds, début 1961, je n'avais pas encore six ans. Ma grand-mère, me trouvant assez mûr, était allée voir les instituteurs pour leur demander de me prendre dès que possible. Comme elle voulait absolument qu'ils m'acceptent, elle allait généralement les voir avec des sacs pleins de provisions. Au bout d'un certain temps, ils ont fini par dire oui et ce fut ma première « rentrée », à la grande fierté de ma grand-mère et de ma mère.

Moi, cela ne m'arrangeait pas du tout. Dès le début j'ai éprouvé un sentiment d'emprisonnement. L'école m'était une sorte d'esclavage et, alors que je voulais mon indépendance, que je rêvais de liberté, je me

19

retrouvais enfermé, contraint de rester assis des heures durant. Je ne voulais qu'une chose : être dehors.

Je faisais donc l'école buissonnière tout le temps. Les maîtres venaient à la maison pour se plaindre. J'étais puni. Pendant quelques jours, j'obéissais. Et je recommençais de plus belle. Toute ma scolarité s'est déroulée de cette façon : un véritable bras de fer. On était une petite bande. Sitôt sortis de la maison, nous cachions nos cartables et nous partions à l'aventure. Nous passions plus de temps à poser des pièges ou des lacets pour attraper des lièvres ou des étourneaux qu'à nous soucier de livres et de cahiers. Pour cela, nous allions juste à proximité du village. Nous déterrions des vers qui nous servaient d'appâts. Ensuite, nous posions les lacets pour attraper des oiseaux, comme nous l'avions vu faire aux adultes. Parfois nous manquions notre coup et nous n'attrapions rien. Parfois il nous arrivait de piéger des grives. Ma mère me grondait tout le temps. Pour que je n'aie pas l'alibi de courir les champs, c'est elle qui tendait des lacets et des colliers. Il lui arrivait de ramener dans sa gibecière plus d'étourneaux ou de grives que n'importe quel homme du village. Je guettais son retour du champ pour savoir combien de grives elle avait dans sa hotte. On les mangeait avec des haricots blancs et du couscous – un véritable festin dont on raffolait. Plusieurs heures avant de passer à table, nous nous en délections. Moi, déjà je regardais ma mère préparer les grives dans la cuisine, surveillant ses moindres gestes.

Mes seuls bons souvenirs d'école me viennent des instituteurs de l'époque. Ils étaient français et connus sous le nom de pères blancs*, sans doute parce qu'ils étaient toujours vêtus de blanc. C'étaient des religieux, des missionnaires catholiques, mais leur enseignement était laïc.

Le programme était le programme de la République, celui que l'on dispensait alors

---

* Au moment où ce livre allait être mis sous presse a eu lieu l'assassinat des pères blancs de Tizi Ouzou. Le meurtre de ces hommes aimés de tous m'a bouleversé.

dans les écoles françaises. On nous parlait de l'histoire de France, évidemment – Vercingétorix, la Gaule –, mais également des conquêtes liées à notre propre histoire. Les pères blancs nous faisaient lire des livres. Dans l'un d'eux, on parlait de Jugurtha, enchaîné puis emmené de force à Rome. Jugurtha, c'était notre histoire, celle de notre peuple, qu'on se racontait longuement le soir au coin du feu. Il était notre mythologie, nous connaissions ses aventures par cœur.

Jugurtha était ce roi berbère qui avait osé défier l'autorité et l'oppression romaines. Pendant plusieurs années, il avait combattu héroïquement avant d'être trahi par Bocus, son beau-père. Il avait alors été capturé par les Romains. Dans le livre qui racontait cette histoire de courage et de rébellion, il y avait de nombreux dessins et gravures. Je me souviens parfaitement, sur l'un d'eux, des traits de Jugurtha enchaîné dans sa cage. Ce dessin a été pour moi une sorte de révélateur. Pourquoi ce roi berbère, dont nous sommes les descendants, avait-il pu ainsi être humilié ? J'ai ressenti à ce moment un profond sentiment d'injustice, une blessure presque personnelle. Ces émotions, ces interrogations je les dois, il faut le souligner, aux pères blancs. Aujourd'hui, je suis persuadé qu'ils ont joué un rôle actif dans ma prise de conscience identitaire. Non seulement la mienne, mais aussi celle de nombreux enfants de ma génération, ceux qui ont eu la possibilité de suivre leur enseignement. C'est sans doute grâce à eux que j'ai pris conscience de la profondeur de mes racines kabyles. Ils ont à leur façon contribué au refus d'amnésie de toute notre société.

C'est sans doute à cause de cela que le pouvoir algérien, à maintes reprises, a essayé d'amalgamer la question berbère avec la présence des pères blancs. On a souvent affirmé que « le Berbère est la création du colonialisme ». C'est faux historiquement, et très injuste envers ces religieux qui n'ont jamais essayé de nous imposer le moindre endoctrinement.

Ils nous parlaient de valeurs morales, nous avions des cours d'instruction civique mais jamais religieuse. Leur enseignement m'a profondément ouvert l'esprit, il ne l'a pas dévoyé ou annexé.

Certains pères blancs n'hésitaient pas à s'impliquer dans le combat. À ma connaissance, cependant, aucun n'a rejoint le maquis. Ils combattaient à leur façon le colonialisme en nous enseignant, à nous jeunes Kabyles, les principes élémentaires de la République, des notions aussi fondamentales que la démocratie et la laïcité.

À l'école, l'enseignement était en français. Nous n'apprenions pas l'arabe, ni le berbère d'ailleurs. Nous n'étudiions pas non plus le Coran. Il y avait bien des endroits, des écoles privées qu'on appelait les *zawiyas*, où il était possible d'apprendre l'arabe et de suivre des cours d'instruction religieuse. Je n'y suis jamais allé. Cela ne m'intéressait pas. Je n'allais pas à la mosquée, sauf peut-être au moment du carême. J'essayais de prier, sans comprendre ce que je disais. Pour moi, la chose était évidente : je parlais kabyle, c'était ma langue maternelle et j'apprenais le français à l'école. C'était tout.

Chez nous, jamais personne n'a été obligé de prier. J'ai vu parfois des vieux, des femmes prier, y compris dans ma famille. Mais la prière se faisait d'une façon naturelle, selon les convictions de chacun et à sa manière. Cette liberté a toujours été respectée. Pas besoin d'avoir le Coran sous les yeux ou entre les mains pour se rapprocher de Dieu. Chez moi, en tout cas, les choses se sont toujours déroulées ainsi.

Pour en revenir aux pères blancs, la plupart d'entre eux parlaient kabyle. Ils avaient le plus grand respect pour notre société. Ils nous aidaient beaucoup, nous, les enfants, mais aussi les adultes, nos mères, nos pères. Dans un village voisin du mien, il y avait une communauté de sœurs blanches. Lorsqu'une femme était enceinte ou sur le point d'accoucher, c'étaient elles qui la préparaient à son futur rôle de mère et qui l'aidaient pendant l'accouchement. Ces sœurs blanches avaient une fonction sociale importante. Elles apprenaient aux filles à coudre, à tisser, à broder, tout cela dans le respect de nos traditions.

Il ne faut pas oublier non plus que ce sont eux, les pères blancs et les sœurs blanches qui nous ont permis de préserver une partie de notre mémoire. Après l'Indépendance, certains sont restés en Kabylie. L'identité berbère a continué d'être niée par le pouvoir algérien. Tout ce qui pouvait représenter la berbérité était suspect. Notre tradition, notre culture, jugées subversives, étaient essentiellement orales et rien n'était fait pour en assurer la transmission et la survie.

Ce sont les pères blancs qui ont permis les premières publications de dictionnaires. Sur le plan lexicographique, ils ont fait un travail énorme. La société kabyle, dans son ensemble, leur doit beaucoup.

Dans la période qui a précédé l'Indépendance, pendant les dernières années de la guerre, certains pères blancs ont été surpris à aider des maquisards. Ils leur donnaient de la nourriture, parfois même ils les cachaient. Je me souviens très bien de l'un d'entre eux : il s'appelait le père Max. Lorsque l'armée française a découvert qu'il ravitaillait des responsables du maquis, il a été muté. On l'a envoyé à l'autre bout de l'Algérie, très loin de la Kabylie. Je l'ai revu bien plus tard après l'Indépendance. Il avait la charge de l'église Notre-Dame-d'Afrique à

Alger. Il est devenu un ami de la famille. À plusieurs reprises, je lui ai proposé mon aide pour la restauration de l'église Notre-Dame.

À cette époque, l'armée française était sur les dents et omniprésente. La Kabylie n'échappait pas à cette occupation. Région montagneuse, couverte de forêts et très escarpée, la Kabylie abritait de nombreux maquis – c'était sa fierté. Tout Kabyle était d'emblée considéré comme suspect aux yeux des Français. Nous étions un bastion sous très haute surveillance. J'étais, moi, très jeune, mais je garde présents à l'esprit des souvenirs précis de ces années. Enfants, mes camarades et moi, nous jouions évidemment à la guerre. Nous en avions une en face de nous qui nous servait de modèle : nous étions aux premières loges.

Les deux camps étaient parfaitement déterminés : il y avait les maquisards, les Moudjahidin, nos héros. Et les autres, ceux que nous méprisions, l'ennemi, les soldats français. Le premier souci était de se fabriquer des armes. Ceux qui étaient le mieux armés avaient un avantage considérable sur les autres et surtout, suprême honneur, pouvaient désigner ceux qui seraient dans un camp ou dans l'autre. Moi, je voulais toujours être maquisard, parce que pour moi c'étaient toujours ceux qui gagnaient. Nos références étaient évidemment le FLN, ou plus précisément l'ALN, l'Armée de libération nationale. On voulait tous en faire partie, d'où d'interminables et rudes bagarres pour désigner les membres de chaque camp. Nous fabriquions nos mitraillettes avec des morceaux de bois ou de roseau, ou tous les morceaux de ferraille que nous pouvions récupérer. Et on se battait. Les batailles étaient sanglantes à souhait, il y avait beaucoup de morts. Il y avait aussi les traîtres, que l'on torturait jusqu'à ce qu'ils avouent.

Rien n'était plus passionnant que d'écouter les conversations des adultes, les détails qu'ils donnaient sur la guerre. Enfants, nous ne comprenions pas tout, mais suffisamment pourtant pour nous inspirer le lendemain du récit entendu la veille. Tel maquis était venu à bout d'une patrouille... Les Français font machine arrière à tel endroit...

Nous vivions tout cela d'une manière intense. Nous nous trouvions héroïques. Le soir, je racontais fièrement mes exploits. Ma mère et ma grand-mère écoutaient d'une oreille distraite. Mais qu'importait !

L'armée française était partout. Dans mon village, à Taourirt Moussa, il y avait trois postes militaires. Le premier installé à l'entrée du village, le second au centre, le dernier, enfin, à la sortie. Tout était minutieusement contrôlé, les passages soigneusement vérifiés. Mais, enfant, je n'ai pas le souvenir de la moindre agressivité ou violence de soldats français contre moi ou l'un de mes camarades. Ils étaient même plutôt gentils. Je me souviens que mes copains et moi, dès que nous le pouvions, nous nous approchions du poste qui se trouvait dans le village. Notre objectif : pénétrer à l'intérieur sans être vu, à la manière des maquisards. Nous nous disions alors que c'était un glorieux fait d'armes que nous étions en train d'accomplir. Et on volait tout ce qui pouvait l'être : c'étaient nos prises de guerre. Il y avait, près de l'entrée, une sorte de dépôt d'ordures sur lequel les Français déversaient tout ce dont ils voulaient se débarrasser. À plusieurs reprises, nous avons escaladé les grilles de protection pour aller fouiller les tas d'ordures. Plusieurs fois nous avons ramassé des boîtes de camembert, de sardines ou de thon. Des boîtes périmées dont les Français se débarrassaient. Nous les rapportions chez nous ou nous les mangions entre copains. Jamais nous n'avons été malades, à croire que notre bravoure nous immunisait.

Je me souviens également que ma mère élevait quelques poulets et des lapins pour améliorer notre quotidien. Une fois, un soldat français est venu lui acheter un lapin. Quelques jours plus tard, nous avons aperçu le lapin qui n'avait toujours pas été tué. Ma mère est venue avec moi et m'a fait la courte échelle. J'ai escaladé le muret de protection et j'ai récupéré notre lapin. Une semaine plus tard, ma mère a revendu au même soldat le lapin qu'il avait acheté la semaine précédente. J'étais très fier : nous avions berné les Français. Nous avions deux fois plus d'argent sans avoir été pris en flagrant délit de vol. Les jours suivants, j'ai surveillé de nouveau le camp : cette fois plus de trace du lapin.

Il y avait pourtant ce lieutenant qui nous terrorisait, nous les gosses. Moi particulièrement, parce qu'il avait la réputation d'aimer les chats. Pour moi, aimer signifiait manger, or j'avais un chat que j'adorais. Chaque fois que ce lieutenant approchait, je me précipitais vers mon chat pour le cacher. Si les Français mangeaient les chats, il fallait d'autant plus s'en méfier.

Il y avait des moments plus difficiles. Par exemple, lorsque l'armée française faisait des opérations de ratissage à la recherche de maquisards. Ou lorsque les soldats investissaient ce qu'ils estimaient être des centres de ravitaillement. Nous étions alors réveillés au milieu de la nuit. Tout était retourné, fouillé. Nous ne pouvions rien faire, rien dire. L'opération durait parfois plusieurs heures. Après, il fallait de nouveau tout ranger, essayer de tout remettre en ordre. Vers

la fin de la guerre, en 1961, ce type d'opération s'est multiplié. Parfois les maquisards
descendaient dans les villages pour, je suppose, chercher de la nourriture. Il m'est
arrivé de les voir : c'était chaque fois des
moments de grande fierté. Je me racontais
mille fois la scène en prévision de ce que
j'allais dire le lendemain à mes copains. Une
nuit où j'avais dû veiller avec ma mère et ma
grand-mère, ils sont arrivés. Je m'en souviens parfaitement, j'étais très ému. Ils
étaient quatre. Je leur ai dit que je voulais
être moi aussi un Moudjahid. L'un d'entre
eux m'a mis une mitraillette entre les mains
et a dessiné, avec un restant de café, une
moustache au-dessus de mes lèvres. À ce
moment, j'ai eu le sentiment d'être un véritable combattant.

Il y avait aussi les arrestations sommaires, les tortures, dont on parlait beaucoup durant toute cette période. Une fois, en
rentrant de l'école, mes copains et moi nous
avons vu trois hommes pendus à un arbre.
L'image était très dure. Elle est gravée dans
ma mémoire. Aujourd'hui encore, je revois
ces trois cadavres, la peau déjà noire, le

corps suspendu au bout de la corde. Des harkis, sans doute. Ils avaient été pendus par des maquisards.

En fait, nous avions plus peur des harkis que des soldats français ; c'était un sentiment partagé dans toute la Kabylie. Pour nous, les harkis étaient des renégats. Des gens qui trahissaient les leurs, des collaborateurs. Les soldats français n'avaient pas choisi de venir. Beaucoup étaient très jeunes et faisaient leur service militaire. Les harkis, en revanche, étaient d'ici. Certains étaient de nos villages, connaissaient nos familles et notre mode de vie. Il y a eu beaucoup de trahisons à cette époque.

Nous avions très peur des « descentes » qu'ils pouvaient faire. Ma grand-mère, ma mère et moi, nous dormions dans la même pièce à cause d'eux. C'était devenu une hantise. À chaque bruit suspect, il y avait un vent de panique dans la maison. Ma grand-mère sursautait et pensait immédiatement aux harkis.

Un jour, un harki de notre village est venu chez nous car il connaissait bien ma grand-mère. Il criait devant notre maison : « On l'a tué, on l'a tué » en parlant d'un maquisard qui venait d'être abattu. Les craintes de ma grand-mère en ont été redoublées.

À cette même époque, beaucoup de Kabyles qui vivaient à Alger sont retournés dans leurs villages à cause de l'OAS. Il y a eu tout à coup un afflux de ces gens que nous connaissions plus ou moins, mais surtout qui nous regardaient de haut parce qu'ils arrivaient « de la grande ville ». Nous étions, nous, des villageois, des montagnards, fiers de ce que nous étions. Ces intrus, qui ne cessaient d'afficher leur supériorité de citadins et nous considéraient ostentatoirement comme des rustres, nous exaspéraient autant qu'ils nous complexaient. Nous étions surtout très jaloux des enfants qui, luxe suprême, avaient de « vrais » jouets, des objets qui nous paraissaient merveilleux à nous qui passions notre temps à bricoler tant bien que mal ces choses approximatives que nous baptisions pompeusement « jouets ». Évidemment, ils ne nous prêtaient pas les leurs, ce qui a engendré un nombre

de coups de poing dont nos parents se sou-
viennent certainement encore.

De l'Indépendance, je n'ai que peu de souvenir. On m'avait raconté que les Français
allaient partir, et je trouvais cela plutôt bien.
Surtout, je sentais que les adultes étaient
euphoriques. Ils ne parlaient que de cela, ne
pensaient qu'à cela. Le jour de l'Indépendance, je ne suis pas sorti avec de petits dra-
peaux, mais je suppose que j'ai dû aller crier
ma joie comme tout le monde. J'avais six
ans. Pour moi, c'était une fête, peut-être un
peu plus bruyante que les autres, mais c'est
tout. Pendant toute la période de la guerre,
je n'avais pas eu à souffrir de la faim ou
d'autre chose. Ma mère, je pense, avait
réussi à m'éviter toute mesure de rationne-
ment. Je ne sais pas comment elle a fait,
parce que j'ai appris plus tard que, pour
beaucoup de familles la guerre avait été
synonyme de misère. J'étais trop jeune pour
me rendre parfaitement compte de ce qui se
passait autour de moi. Et des difficultés que
la guerre avait engendrées. Plus tard, en par-

lant avec ma mère, j'ai su qu'elle avait souvent eu du mal à trouver de la nourriture. L'argent était un problème constant. Elle a vécu les années de guerre dans un état d'angoisse permanent, regrettant l'absence de mon père.

On croyait les atrocités de la guerre terminées avec l'Indépendance. Malheureusement, il n'en fut rien. Une année après, les violences ont repris en Kabylie. Dès 1963, les officiers de la wilaya 3 (Kabylie), se sont opposés à Ben Bella, chef de l'État à l'époque. Les affrontements ont été très durs. Certains villages ont subi plus de brutalités à ce moment-là que pendant la guerre de Libération. Il y a eu plus de quatre cents morts en Kabylie. À la suite du conflit frontalier avec le Maroc, des dissensions sont apparues entre les chefs kabyles. Une certaine confusion s'en est suivie. Mohand ou El Hadj, le vieux chef militaire, semblait en désaccord avec Aït Ahmed, le chef politique. Krim Belkacem, le signataire des accords d'Évian, n'a pas pu rejoindre cette opposition. Tout s'est très mal terminé. Les maquisards ont déposé les armes dans des conditions troubles. Aït Ahmed est resté en exil pendant plus de vingt ans. Les morts ont été un peu oubliés, mais cette forme de reddition, si peu conforme à nos traditions guerrières, a traumatisé les Kabyles pendant très long-temps. Il était très difficile après cela de pro-noncer un mot de berbère dans un bus de la capitale. Nous étions systématiquement sus-pects, notre langue interdite. Il a fallu attendre la génération de l'Indépendance pour réhabiliter la Kabylie, notamment à travers le combat identitaire que nous menons toujours.

Pour moi, comme pour beaucoup de Kabyles, l'épisode de 1963-1964 reste une déchirure qui a déclenché chez nous un véritable rejet de tout ce qui était arabe. Subir une mise à mort morale est certaine-ment aussi dur que de subir des atrocités physiques. C'est du moins ainsi que nous avons, nous, vu les choses. À partir de 1963, je peux dire que mon éveil identitaire est allé crescendo. Les Kabyles étaient considérés comme inexistants, et l'injustice de ce déni m'indignait.

À propos de ces moments troublés, des

souvenirs me reviennent à la mémoire. Juste après les événements qui avaient ensanglanté une nouvelle fois la Kabylie, nous faisions une excursion à la rivière avec les élèves de ma classe. Tout à coup, nous entendons le crépitement d'une mitraillette, suivi quelques instants plus tard de coups de fusil. L'instituteur nous regroupe et nous nous dirigeons en hâte vers le village. Là, nous apprenons que deux villageois qui travaillaient dans les champs, près de la rivière, avaient été abattus par des « étrangers ». Tous les villageois se sont alors mobilisés pour partir à la recherche des victimes. Arrivé à proximité des lieux du drame, quelqu'un entend un gémissement venant d'un taillis. C'était l'un des blessés. Il respirait encore, mais avait perdu beaucoup de sang. Il avait plusieurs balles dans le corps. Il fut immédiatement évacué à l'hôpital. Aujourd'hui, il vit toujours, il est marié et père de plusieurs enfants, mais celui qui était à ses côtés ce jour-là a été malheureusement mortellement blessé. Il laissait derrière lui cinq enfants. Cette tragédie endeuilla pendant longtemps mon village. Les assassins furent arrêtés

quelques mois plus tard. C'étaient des déser-
teurs de l'Armée nationale populaire (ANP)
de Ben Bella. Par peur d'être dénoncés par
les deux villageois qui les avaient vus, ils
n'avaient pas hésité à les tuer.

C'est ainsi que j'ai vu et vécu ces événements de mon enfance. À partir de là, tout
s'est accéléré. J'ai commencé à afficher
ouvertement mon rejet de l'arabe, lui préférant le français que j'apprenais à l'école. Le
berbère, notre langue maternelle, était interdit. Il nous fallait une langue de substitu-
tion. Pour nous il n'y avait pas de solution,
hormis le français. Et lorsque, dans mes
années de lycée, l'arabisation nous a été
imposée par Boumediene, nous avons été
meurtris. Aujourd'hui, avec le recul,
j'affirme que cette arabisation forcée m'a
cassé intellectuellement. Non seulement
moi, mais nombre de lycéens de mon âge.
Cette décision autoritaire, en 1968, du
ministre de l'Éducation de l'époque, Ahmed
Taled, a été l'une des plus grandes erreurs
du régime de Boumediene. J'estime, au
risque d'en choquer plus d'un, que la des-

cente aux Enfers de l'Algérie a commencé à ce moment-là. Aujourd'hui nous récoltons ce qui a commencé d'être semé en 1968. Ma génération, celle de l'après-guerre, s'annonçait prometteuse. Cette arabisation a brisé notre élan. Nous en avons maintenant le produit : le FIS. Le Front islamique du salut est né de là, il s'est développé à l'école en toute légalité. On lui a déroulé un tapis rouge. Pourquoi n'en aurait-il pas profité ?

Je n'ai jamais senti l'arabe comme ma langue. Et parce qu'on voulait me l'imposer, je l'ai aussitôt rejeté. Les responsables sont ceux qui, à l'époque, ont utilisé le ministère de l'Éducation comme un tremplin à des fins bassement politiques. J'avais été élevé sur les hauteurs de Kabylie, le kabyle a toujours été ma langue quotidienne, le français un instrument de travail. Tout à coup, on a voulu nous enlever ce qui avait été l'essentiel de notre culture. À aucun moment les enseignants – des Égyptiens que l'on avait fait venir de force – n'ont essayé de nous montrer l'avantage qu'il pouvait y avoir à apprendre l'arabe : il était obligatoire de l'apprendre, et cela au détriment des autres.

Il nous fallait renier le berbère et rejeter le français. J'ai dit non. À chaque cours d'arabe, je séchais. Absences répétées, et donc des zéros à tout bout de champ, mais j'avais ma conscience pour moi. Chaque cours manqué était un fait de résistance, un bout de liberté gagné. Mon refus était volontaire et assumé.

Cette langue n'a jamais voulu entrer en moi. Jusqu'à ce jour je ne connais rien ou presque de l'arabe. Je sais écrire mon nom, mon prénom, c'est tout. Je serais incapable d'écrire ma date de naissance. Est-ce un handicap pour moi dans mon pays? Non. En outre, j'assume totalement ce refus. Le fait d'imposer l'arabe correspondait à une volonté politique évidente d'écrasement et de négation, mais il avait aussi pour but d'effacer le double héritage historique que représentaient le berbère et le français. L'école francophone avait produit en Algérie une élite intellectuelle, et c'est sans doute cette élite que l'on a voulu réduire au silence. Il ne fallait plus rien produire. Tout ce qui sortait de l'école francophone était suspect et subversif. Plus question de parler d'ouverture d'esprit, de liberté de pensée et d'expression, tout cela devait être soigneusement contrôlé. Le gouvernement Boumediene s'y est consacré. Nous en voyons aujourd'hui les résultats.

Si je suis amer, c'est parce que je me rends compte du gâchis qui a résulté de ces années-là. Le français avait été pour moi une chance. Il m'avait ouvert l'esprit, m'avait apporté un savoir, une certaine rigueur intellectuelle. J'ai rencontré des auteurs et des textes fabuleux que je n'aurais jamais découverts si je n'avais pas eu accès à la langue française – Descartes, Zola, Hugo, le théâtre de Racine ou la poésie de Baudelaire, pour ne citer que quelques exemples. Tous ces écrivains ont modifié le regard que je portais sur le monde. J'ai également beaucoup lu les auteurs francophones de chez nous, des écrivains fantastiques comme Feraoun ou Mammeri. Feraoun, ami de Camus, était d'un village proche du mien. Il a même été directeur de l'école de mon village. En 1962, il a été assassiné par l'OAS. Il s'est énormément exprimé en français parce que pour lui c'était naturel. Il m'a profondément marqué.

Cet apprentissage a été bénéfique, constructif. J'ai le sentiment de posséder quelque chose d'important et de précieux. L'arabe, je suis désolé de le dire, n'a pas produit d'élite digne de ce nom en Algérie. Il a réprimé, étouffé, puis engendré ce que l'on peut voir aujourd'hui : une société qui ne sait pas où elle va, en perte d'identité.

Le berbère, ma langue, est interdit. Cette langue si belle dans laquelle j'ai appris à parler, que j'utilise dans mes textes, qui me permet de faire mon métier de chanteur, reste indésirable en Algérie où elle n'est pas reconnue. Pas enseignée. Un paradoxe : pour le ministère algérien de l'Éducation nationale, elle n'existe pas, alors que nous sommes plusieurs millions à la parler. Alors, chaque fois que je parle dans ma langue, c'est comme un acte de résistance.

C'est par notre langue que nous existons : plus elle sera bafouée, plus notre réflexe identitaire sera grand. Plus on séquestre notre langue, plus on la nie, plus il y aura résistance. Cette langue transmise par ma mère est mon âme. C'est grâce à elle que je me suis construit, que j'ai rêvé en écoutant des chants ou des contes. Cette langue porte des valeurs sûres. Des valeurs morales très profondes, comme la dignité, l'honneur, la rigueur, tout ce qui a fait notre peuple au cours des siècles. On a essayé de nous inculquer des valeurs qui n'étaient pas les nôtres. On a essayé de nous imposer des références qui nous étaient étrangères. Nous les avons rejetées, et nous continuerons à le faire.

Ce qui est essentiel aujourd'hui, c'est notre combat identitaire. Si on ne le comprend pas, il est impossible de saisir ce qui se passe dans notre pays. Impossible également de comprendre la raison qui nous pousse, nous Kabyles, à être à la pointe de la résistance. Nous avons subi l'oppression, la répression et de nombreuses conquêtes – celles des Romains, des Turcs, des Français, des Arabes. Malgré cela, il y a en Kabylie des musulmans, des chrétiens, des croyants et des non-croyants. Nous n'avons jamais rejeté l'islam, nous l'avons adapté à nos traditions. Même si cela doit déplaire à certains, c'est la réalité. Un de nos dictons résume parfaitement notre position : « Celui qui mange ce qu'il n'a pas désiré, le trouvera fatalement aigre au goûter. »... Aujourd'hui, nous voulons avoir le droit de choisir. C'est même l'enjeu essentiel.

Comme mon enfance, mon adolescence a été difficile et ma scolarité mouvementée. Il ne pouvait en être autrement. J'ai évidemment continué à faire l'école buissonnière, peut-être même de façon plus systématique. Je m'ennuyais sur les bancs de l'école, et le lycée – qu'on appelait CEM (collège d'enseignement moyen) chez nous – n'y a rien changé. Dès la sixième, je me suis bagarré avec mes professeurs. Je préférais être ailleurs, dans les champs, à capturer des oiseaux. C'était l'une de mes distractions préférées. D'absences répétées en retards systématiques, j'ai fini par être renvoyé de tous les collèges de ma région. J'ai dû en faire un certain nombre car plus le temps passait, plus j'étais envoyé loin de chez moi. Je n'ai jamais compté le nombre de fois où j'ai été renvoyé : cela doit être impressionnant. Un jour de 1974, alors que j'étais

interne au lycée de Bordj Menaiel, il y eut
un match important : l'Algérie jouait contre
le Brésil. J'ai quitté le lycée pour aller le voir.
Lorsque je suis rentré, il était fort tard et le
surveillant général n'a pas voulu m'ouvrir la
porte de l'internat. Je me suis battu avec lui
à coups de poing. Le lendemain, j'étais une
nouvelle fois renvoyé.

À cette époque, je traînais beaucoup
dehors. J'avais même commencé à voler des
petits trucs par-ci par-là et à boire avec
d'autres jeunes. J'étais sur une pente
fâcheuse et les choses auraient d'ailleurs pu
très mal tourner pour moi. Je me souviens
d'un incident assez grave. Nous étions un
petit groupe et nous sommes entrés dans
un salon de coiffure. Pour une raison que
j'ai oubliée, un des jeunes de la bande a
commencé à m'insulter. Il était plus âgé et
plus fort que moi. J'ai tout de suite violemment réagi. Sur le comptoir de la coiffeuse,
j'ai vu un rasoir. Je l'ai pris et j'ai commencé
à me battre avec. J'ai frappé celui qui était
en face de moi, le touchant sérieusement.
J'ai aussitôt pris la fuite, certain de l'avoir
tué. Le soir venu, je suis allé devant chez

moi pour voir si les gendarmes étaient là. Il n'y avait personne, mais j'ai préféré ne pas rentrer et j'ai passé la nuit dehors. Le lendemain, j'ai pris le premier autocar qui assurait la liaison Alger-Tizi Ouzou. Arrivé au village, je me suis rendu chez une tante qui a immédiatement compris que quelque chose de grave s'était produit : j'avais du sang sur moi, j'étais couvert de boue – je ne devais pas être beau à voir. Je lui ai tout raconté et elle m'a raccompagné chez moi. De là, j'ai été emmené chez les gendarmes. Ma mère était en larmes et c'est peut-être ce qui m'a fait le plus de peine. À la gendarmerie, j'ai eu droit aux photos anthropométriques, aux empreintes et j'ai été conduit chez le procureur.

Constat, procès verbal, deux nuits de détention provisoire avant de retourner chez le procureur. Il me fait la leçon – le garçon que j'avais touché n'était heureusement pas gravement blessé – et me dit de ne pas recommencer. Comme j'étais mineur, il allait me relâcher. Je ne sais pas ce qui m'a pris à ce moment-là, je lui ai demandé une cigarette. Choqué, abasourdi par cette impertinence, sa réaction a été immédiate : il a aussitôt appelé le gendarme en faction devant sa porte et j'ai été conduit en prison. J'y suis resté un mois. Un mois ferme pour avoir osé demander une cigarette à un juge, c'était quand même un peu démesuré. Mineur, j'ai été incarcéré avec des majeurs. Dès mon arrivée, un père de famille m'a pris sous sa protection. Il purgeait une longue peine dont je n'ai jamais connu la raison. Il partageait avec moi la nourriture que ses enfants lui apportaient chaque jour. Nous sommes devenus amis et souvent, par la suite, nous nous sommes revus à Tizi. J'ai appris il y a quelques semaines qu'il avait été assassiné par des intégristes, chez lui.

Après ma sortie de prison, je me suis un peu calmé. Je revenais de loin et je n'avais surtout pas envie de recommencer l'expérience carcérale. Je voulais avoir un métier, quelque chose de solide. J'ai donc fait un stage de mécanique générale. J'ai réussi mon examen et j'ai enchaîné ensuite avec six mois d'ajustage. Aucun rapport, on le voit, avec la musique ou la chanson. Je me disais

qu'avec une formation sérieuse entre les
mains je pourrai partir en France et trouver
du travail là-bas. Dans le pire des cas, des
cousins à moi, qui avaient une petite entreprise à Alger, pourraient m'engager. Pendant
six mois, j'ai travaillé dur. Je voulais absolument réussir, c'était pour moi la seule porte
de sortie. Un soir, en rentrant de l'atelier, on
me tend une lettre. Elle venait de chez moi.
C'était ma mère qui m'informait que je
venais de recevoir l'ordre d'appel pour le service militaire. J'ai réfléchi : je pouvais
demander un certificat de scolarité pour
continuer mes études et obtenir ainsi un
report d'incorporation. Je n'ai pas hésité
longtemps. Le lendemain je partais au service militaire.

2

J'avais eu une nuit pour réfléchir. Rejoindre immédiatement l'armée ou attendre un peu. J'ai décidé de me débarrasser au plus vite de cette obligation. J'ai été incorporé à Oran. Nous étions en 1975. Un mois exactement après mon arrivée, l'affaire d'Amgala éclatait. À la suite du conflit du Sahara occidental, l'Algérie s'était retrouvée impliquée dans un conflit avec le Maroc, conflit qui dure toujours, d'ailleurs. À l'origine, un violent accrochage : les troupes marocaines avaient foncé en pleine nuit sur un régiment algérien stationné à Amgala, dans le désert du Sud-Ouest algérien, du côté de Tindouf, et avaient fait un véritable carnage. Quelques semaines plus tard, l'armée algérienne avait organisé une opération de représailles dans la même région. On dit que les Marocains avaient, cette fois, lourdement payé le prix de leur attaque. La tension entre les deux pays était à son paroxysme et la guerre pouvait éclater à tout moment. Telles sont les conditions dans lesquelles j'ai été incorporé. Autour de moi, on me disait qu'il fallait faire cette expérience militaire. J'étais censé rencontrer des appelés comme moi, des jeunes venant de toutes les régions du pays, que je n'aurais jamais eu l'occasion de rencontrer ailleurs. Je savais au fond de moi que j'allais vivre des moments difficiles. Je redoutais cette incorporation. La suite m'a donné raison. Une fois de plus, cet événement m'a profondément marqué. Profondément meurtri.

Pour ceux qui n'ont pas vécu cette période, il est sans doute difficile de comprendre. Un bref rappel historique me paraît nécessaire. Un aperçu du contexte politique, indispensable. Le pouvoir était tenu par Boumediene depuis déjà dix ans. Climat instable, période de grande tension – la situation était difficile. En plus de la guerre qui menaçait à nos frontières, la société était terrorisée. Les services spéciaux donnaient l'impression d'être partout et de tout contrôler. Une véritable espionnite régnait, qui ne manquait pas de fondements.

Lorsque je suis arrivé à la caserne, j'ai été affecté au service de logistique. Cela m'a permis de constater toute sorte d'abus et de privilèges, et que l'institution militaire n'échappait pas à la corruption. Jeune recrue sans expérience aucune de la vie d'une caserne, j'étais un peu perdu. La tension montait chaque jour d'un cran, jusqu'à ce que l'état d'alerte maximal soit décrété. Alerte numéro 1, cela signifiait pour nous quasiment l'état de guerre, et donc la fin des autorisations de sortie et des permissions. Théoriquement, tout soldat nouvellement incorporé a droit, au bout de quarante-cinq jours d'instruction, à une permission de trente-six heures. Évidemment, mes camarades et moi avions attendu avec une impatience extrême ce moment.

Un jour où j'étais de garde devant la caserne, j'ai vu une très longue file de bus et de camions. À bord, des centaines d'hommes, de femmes, d'enfants, tous d'origine marocaine. Ils avaient toujours vécu en Algérie et on les renvoyait de force dans leur pays, sur ordre exprès de Boumediene. Certains vivaient en Algérie depuis un siècle et s'étaient parfaitement intégrés. Là était leur vie : ils ne connaissaient rien du Maroc. Et pourtant, sur simple décision politique, parce que les rapports entre les deux pays étaient au plus mal, le régime algérien décidait de les déraciner. Je revois encore devant mes yeux ces files de camions et ces gens qui n'avaient eu le temps d'emporter avec eux que le strict minimum. Tout cela me paraissait parfaitement injuste. Ces gens, je les connaissais, j'en avais rencontré certains en Kabylie. Ils travaillaient dur – beaucoup comme puisatiers. Jamais il n'y avait eu le moindre problème d'intégration, la moindre difficulté avec eux. Nous avions des racines communes : ils étaient Chleuhs, des Berbères marocains du Haut-Atlas. Au fin fond de nos montagnes kabyles, j'avais découvert, et bien d'autres avec moi, que des Marocains parlaient la même langue que nous. Révélation d'autant plus importante qu'à l'époque, le pouvoir algérien ne cessait de répéter que notre langue était le produit du colonialisme. Je me sentais très proche d'eux : de les voir ce jour-là dans ces camions sans que je puisse faire le moindre geste pour eux qui étaient mes frères, m'a profondément meurtri. Ils étaient traités avec brutalité. Ils étaient transportés tels des bestiaux, puis abandonnés à Oujda, la frontière marocaine.

Cette période a été très dure. Nous étions, je le répète, en état d'alerte permanente. Ma chance a été de ne pas être affecté en zone opérationnelle, dans un groupe d'intervention directe. C'est la raison pour laquelle je n'ai rien vu du front où les combats faisaient rage. Je faisais partie de la classe 56 A. La période était tellement périlleuse que nous avions surnommé notre classe la «classe de l'enfer». Un nombre important de jeunes de cette classe ont été tués ou blessés. D'autres ont été portés disparus. Leurs corps n'ont jamais été retrouvés. Je reste persuadé qu'aujourd'hui encore des prisonniers algériens de ce temps sont toujours détenus dans les prisons marocaines. Et que cette guerre orchestrée par Boumediene n'a servi à rien.

Pourtant très jeune à l'époque, j'ai vécu comme une profonde ignominie cet exode de Marocains déportés d'Algérie, avec pour unique bagage un baluchon fait à la hâte. J'avais conscience, même si politiquement je ne maîtrisais pas forcément l'ensemble des problèmes, que cette guerre n'avait pas de sens. J'étais révolté et je ne voulais pas me battre. Si j'avais été envoyé sur le front, je ne pense pas que j'aurais été capable de tirer sur un Marocain. Lui m'aurait peut-être tiré dessus, mais moi je n'aurais pas riposté. Je n'avais pas cette rage du combat, ni le sentiment de servir ma patrie en tuant ceux que je considérais être mes frères. Cette période me laisse un souvenir très sombre. J'ai l'impression que l'on m'a volé deux années de ma jeunesse.

Je faisais tout pour essayer de m'échapper de cet enfer. Je voulais absolument une permission. Je voulais rentrer chez moi, en Kabylie. J'ai donc inventé un mensonge

énorme mais qui, finalement, a fonctionné :
de la main gauche, j'ai écrit au nom de ma
mère une lettre disant que mon père était
rentré de France avec une Française qu'il
avait l'intention d'épouser. Comme je venais
d'une région montagneuse à forte émigra-
tion, cela paraissait vraisemblable et la littérature kabyle est riche en narrations se
rapportant aux couples mixtes. Je suis allé
voir le commandant de la compagnie qui
m'a aussitôt donné trois jours de permission
exceptionnelle. J'étais évidemment le plus
heureux des hommes. En fait de trois jours,
je suis rentré dix jours plus tard : je n'avais
pas du tout envie de revenir à la caserne,
sachant que la prison m'attendait.

Dès mon arrivée, j'ai été convoqué par le
commandant et je me suis retrouvé aux
arrêts. On m'a rasé la tête, et je suis resté
quinze jours au trou.

Ce qui m'a également beaucoup marqué,
au cours de cette période, ce sont les humiliations que, en tant que montagnard, j'ai eu
à supporter de la part de certains camarades
arabophones. Pour la première fois de ma

vie, je quittais la Kabylie, je quittais ma famille et mon milieu naturel. Je quittais tout ce qui appartenait à mon enfance. Alors que je n'aimais qu'une chose, les montagnes, courir dans les champs ; je savais que j'allais en être privé pendant de longs mois. Tout à coup, j'ai eu l'impression qu'un couvercle de plomb me tombait sur la tête.

Je ne connaissais rien à l'Algérie. Les seules fois où je m'étais rendu dans les banlieues d'Alger, j'étais un gamin qui se cramponnait aux pans de la robe de sa mère. Les visages que je voyais autour de moi m'effrayaient. J'avais le sentiment d'être entouré d'étrangers, dans un monde hostile que je ne comprenais pas. Lorsque je suis arrivé à Oran, ces impressions enfantines s'étaient atténuées avec le temps, mais le sentiment d'être au milieu de gens qui ne me comprenaient pas demeurait.

Là-bas, on ne parlait pas le kabyle et moi je ne parlais pas l'arabe. J'étais, au sens le plus fort du terme, déraciné, sans repères, perdu dans un monde qui me paraissait hermétique, glacial. Mes supérieurs, les gradés, parlaient français, mais ceux qui avaient été incorporés avec moi le parlaient peu et très mal. Il a fallu que je m'intègre, je n'avais pas d'autre choix. Pourtant, les insultes et les vexations en tous genres continuaient de pleuvoir. Cela allait de *zouaoua*, qui signifie zouave, barbare, rustre, à des bagarres parfois très violentes. On avait pris l'habitude de considérer que c'était nécessairement moi qui étais à l'origine de la provocation, et je me retrouvais encore et toujours au trou. Lorsqu'il y avait un match de football à la télévision, par exemple, cela se terminait souvent très mal si une équipe kabyle jouait. J'ai toujours été un ardent supporter de la JSK, la Jeunesse sportive de Kabylie, un très bon club qui est resté longtemps une espèce d'étendard du combat identitaire. C'était le seul endroit où les Kabyles pouvaient encore se retrouver. Boumediene, qui voyait cela d'un mauvais œil, a exigé le changement de sigle des clubs sportifs pour faire disparaître le mot Kabylie de l'appellation JSK. Pour nous cela n'a rien changé, le club est toujours resté la Jeunesse sportive de Kabylie. Chaque match était donc passionné et, connaissant mon attachement pour le club, on me provoquait, ce qui entraînait de ma part une réaction immédiate.

De mes deux années de service militaire, je n'ai aucun souvenir agréable. Je me suis fait des amis, que j'ai revus après, dans le civil, mais la plupart du temps ils étaient kabyles. Nous formions un petit groupe, une sorte de clan. Évidemment, les autres ne le supportaient pas. Plusieurs fois, j'ai affiché mon berbérisme : je disais que je n'étais pas arabe, et aussitôt les punitions pleuvaient.

Une fois, j'ai pris la défense d'un Kabyle qu'un gradé harcelait. Nous avions des cours de combat, des cours théoriques dans lesquels on nous disait de quelle façon il fallait se placer si l'on avait à se défendre au corps à corps. Le sergent chargé de l'instruction a posé une question en français à un jeune Kabyle, un paysan illettré de Tizi Ouzou. Il savait qu'il ne comprenait pas le moindre mot. J'ai essayé de lui venir en aide. Le sergent m'a littéralement insulté, ce qui amusa fort les autres soldats. Pour m'être mêlé de ce qui ne me regardait pas, j'ai été puni. J'ai dû faire une marche en canard sur cinquante mètres, puis ramper sur des tessons de verre pendant plusieurs minutes, les manches de chemise et le bas du pantalon remontés. Une fois la punition terminée, mes coudes, mes genoux étaient en sang. Et ce n'est qu'un exemple. Nous étions considérés comme des sous-hommes, des rustres incultes. C'est en tout cas le sentiment que j'avais – un sentiment partagé par les autres Kabyles qui étaient avec moi. De punitions en humiliations, j'ai développé une haine croissante envers l'institution militaire et le pouvoir politique de l'époque. Sans avoir une conscience claire des choses et sans être évidemment capable d'analyse, je sentais que ce que l'on nous faisait vivre à nous, Kabyles, était une discrimination profondément injuste, fondée sur le mépris. Ce sentiment m'était jusqu'alors étranger : je n'avais pour ainsi dire jamais quitté mon village. Dans la tradition du montagnard, le respect et la dignité sont des qualités fondamentales. Elles entraînent des obligations et des devoirs envers autrui. Dès que le

« contrat » est rompu, les choses tournent immédiatement au pire. Il ne faut pas oublier que chez nous des vendettas existent encore lorsque ces deux données de base n'ont pas été respectées. C'est pour cela que nos mères nous éduquent dans le respect de l'honneur d'autrui. Honneur et dignité sont l'une des bases de notre culture. Cela peut paraître emphatique, mais c'est la réalité. On peut tuer pour l'honneur. Ces principes moraux nous sont d'autant plus importants que nous sommes démunis : ils sont notre dignité, au-delà de toute considération matérielle. L'application de ces codes d'honneur m'a valu à plusieurs reprises dans ma vie un certain nombre de mésaventures. Plusieurs très graves. Mais, quelles qu'en puissent être les conséquences, je les ai respectés et toujours appliqués.

À l'armée, mon sentiment d'humiliation allait croissant. J'étais agressé ou tenu à l'écart. Je n'avais rien à faire là. Je ne partageais rien avec ceux qui m'entouraient. Je commençais aussi à comprendre que je servais un pouvoir dont les buts étaient aux antipodes de mes convictions. Nous étions au milieu de la tourmente et, pour moi, un homme était responsable de tout cela : Boumediene. Je savais que l'affaire du Sahara occidental avait été orchestrée par les boumédiénistes. Je commençais également à comprendre que la peur permanente dans laquelle notre population vivait avait un nom : la sécurité militaire, et que derrière elle il y avait un homme, Boumediene – toujours lui. Les gens vivaient dans une crainte telle que seul le silence était de mise. Personne ne pouvait ni ne devait s'exprimer hors de la ligne définie par le pouvoir. C'était le règne de la terreur.

Tout cela, je l'ai découvert peu à peu. Une lente prise de conscience. Et lorsqu'on me dit que l'armée, avec son service national, est faite pour assurer l'intégration du jeune Algérien, je suis pour le moins sceptique. Moi, j'y ai découvert que le régionalisme y est aussi fort qu'ailleurs, que l'arbitraire peut s'abattre sur vous sans que vous ayez la moindre possibilité de recours. J'y ai vu s'exercer la corruption au travers des marchés que passaient certains officiers pour l'alimentation des troupes, et personne ne pouvait rien dire. Souvent, des chargements de sous-vêtements ou d'autres produits destinés aux soldats, des serviettes de toilette par exemple, disparaissaient comme par enchantement. Ils étaient détournés et profitaient à des officiers qui trempaient dans toutes les combines. J'ai découvert que le mythe qui entourait encore à cette époque la grande armée nationale algérienne était faux. Que cette grande armée était corrompue. L'exode des Marocains m'avait profondément marqué et choqué. Comment, dans ces conditions, croire ceux qui nous avaient parlé de l'unité maghrébine ? Je savais que, tant que ces dirigeants resteraient en place, le système ne changerait pas.

J'ai gardé de mon passage dans l'armée une profonde méfiance envers la politique. Parti pour découvrir les autres, me « civiliser », je suis revenu amer et sans illusions. Je me suis rendu compte, au cours de ces deux années, que l'armée n'avait d'autre but que développer chez les jeunes cette peur du système et du pouvoir, cette crainte permanente que la sécurité militaire a exploitée des années durant. Après son service militaire, le jeune Algérien devait avoir compris que le seul moyen, pour lui, d'avoir la paix, était de se soumettre. Avec moi, le résultat fut rigoureusement inverse : à ma démobilisation, j'étais plus révolté que jamais. Beaucoup de conscrits ont dû l'être comme moi. Peut-être n'ont-ils pas pu l'exprimer, comme j'en ai eu l'occasion par la suite.

Heureusement, durant toute cette période, j'ai pu me réfugier dans la poésie. Je composais déjà un peu avant le service militaire et mes deux années d'enfermement ont favorisé cet élan. C'était pour moi une façon d'échapper à tout ce qui m'entourait, à la mesquinerie ambiante et à l'étroitesse d'esprit de ceux qui me commandaient.

Sans autre ambition que de m'amuser, je m'étais déjà essayé à quelques compositions. J'avais une guitare, et je chantais de temps en temps dans les fêtes du village. Rien de plus : à cette époque, je n'avais pas du tout l'idée d'en faire une carrière professionnelle.

Lorsque j'ai été libéré du service, il a fallu que je trouve du travail. Mon père, rentré au pays en 1972, était cuisinier dans le collège d'enseignement moyen d'Ath Douala, chef-lieu de ma commune d'origine. Il est allé voir le directeur du CEM, qui m'a embauché à l'économat du collège. Je gagnais 600 dinars par mois, une misère : à titre de comparaison, un kilo de viande valait à l'époque 70 à 80 dinars. Mon travail, fastidieux, consistait à remplir des pages et des pages de commandes. C'est peu dire que je m'y ennuyais terriblement. Alors, au lieu de passer les commandes, j'écrivais des poèmes. J'en ai écrit des dizaines au cours de cette période. Ils parlaient d'amitié, d'espace, de nature. Ils parlaient également d'humiliation, et de tout ce que j'avais eu à subir à l'armée. Ils étaient engagés. Ils commençaient à exprimer cette prise de conscience qui mûrissait en moi.

Le temps que je passais à écrire ces poèmes était évidemment pris sur celui que j'étais censé consacrer à mon travail. Quatre fois, j'ai reçu des avertissements. Au cinquième, j'ai été viré. Par la suite, j'ai appris qu'il avait fallu embaucher un expert-comptable pour régulariser les comptes et venir à bout de toutes les bêtises que j'avais faites.

Cela m'a amusé. J'ai compris aussi que je

n'étais pas fait pour un travail de bureau. J'avais besoin d'espace et de liberté. La plus petite obligation m'était insupportable. Je rejetais l'ordre établi pour tout ce qu'il représentait d'astreinte, de contrainte. Je ne me sentais à l'aise qu'avec des gens simples, sans prétention, avec qui je pouvais tout partager. Des gens comme moi, des saltimbanques.

Quelques semaines plus tard, mes poèmes en poche, je suis parti en France pour tenter ma chance.

3

Ma première guitare, je l'avais fabriquée moi-même. J'avais récupéré un vieux bidon d'huile de voiture, sur lequel je m'étais débrouillé pour fixer un manche en bois. Quelques fils à pêche servaient de cordes. Elle n'était pas très belle et ce n'était sans doute pas ce que l'on pouvait rêver de mieux en matière de sonorité, mais elle me convenait. J'avais même réussi à jouer un air qui était très populaire à l'époque en Kabylie : *Ah, Madame, serbi la thay*, « Ah, Madame, sers-moi le thé ». Les paroles étaient passablement sottes, mais cette chanson avait un énorme avantage : on pouvait la jouer sur une seule corde. Je passais mes journées à jouer cet air, quitte à casser les oreilles de mon entourage. Je ne voulais plus me séparer de ma guitare. Mon premier rapport avec un instrument de musique, cela a donc été sous la forme de ce bidon d'huile. De toute façon, je n'avais pas le choix : nous n'avions pas d'argent et une guitare, une vraie, coûtait à l'époque une fortune. Je devais avoir neuf ans.

L'année suivante, je me souviens d'avoir animé une fête jusqu'au petit matin. Il y avait beaucoup de monde et je chantais les airs à la mode. On m'a encouragé : je chantais plutôt bien et, surtout, j'avais une certaine assurance.

C'est en 1972 que le déclic s'est réellement produit. Je parlais sans cesse de guitare, de musique. Mon père avait dû l'apprendre par ma mère, que je harcelais sans arrêt. Mon bidon d'huile était depuis longtemps passé à la poubelle. Je regardais avec envie les vieux du village, surtout l'un d'entre eux qui avait un mandole, notre instrument traditionnel, une sorte de luth à fond plat. Des heures durant, je le regardais jouer, fasciné. En 1972 donc, mon père rentre au pays. Il avait travaillé en France pendant trente ans et il avait décidé qu'il était temps, pour lui, de revenir parmi les siens. Des semaines avant son retour à la maison, nous faisions déjà la fête.

Mon père, je le connaissais à peine. Il ne m'avait pas vu grandir. C'est ma mère qui nous élevait ma sœur, Malika, et moi. J'avais hâte de le revoir. D'autant plus hâte qu'il m'avait fait savoir qu'il revenait avec un cadeau spécial pour moi. J'étais dans un état d'excitation extrême. Dès que je l'ai vu descendre de l'autocar, j'ai compris de quoi il s'agissait : il avait un mandole. Il l'avait acheté chez Paul Beuscher – l'étiquette était à l'intérieur « Paul Beuscher, boulevard Beaumarchais à Paris ». Pour moi, c'était comme un mirage : mon premier instrument de musique venait de Paris. Je rêvais. Il était superbe, dix cordes, un bois magnifique. Je ne connaissais rien à la musique, mais je l'ai immédiatement adoré. Mon père avait dû se ruiner pour me l'offrir. Au début, je n'osais pas y toucher tellement j'avais peur d'érafler le bois, de casser une corde, de briser le manche. Je me souviens d'avoir passé des heures à le regarder. Il me fascinait. C'était le plus beau cadeau que j'avais jamais eu. Et il venait de mon père.

Petit à petit, j'ai commencé à apprendre. Les vieux me montraient les accords, que je reproduisais de mémoire. Mon oreille était habituée aux sonorités très particulières de l'instrument et j'ai pu jouer assez vite des morceaux même élaborés. Ce mandole, qui était tout pour moi, je ne l'ai pourtant gardé qu'une année.

Je jouais beaucoup aux cartes à l'époque, et j'ai perdu le mandole au cours d'une partie de poker. J'ai dû le laisser à mon cousin : une dette de jeu. J'étais bouleversé à l'idée de m'en séparer mais je n'avais pas le choix : il y allait de mon honneur. Mon père ne l'a su que plus tard. Il en a été furieux et malheureux. Il avait dû payer ce mandole fort cher mais, au-delà de sa valeur marchande, c'était sa valeur sentimentale qui était en jeu. Je le savais, mais que pouvais-je faire ? J'étais pris au piège, déchiré, pris entre cette dette de jeu que je devais honorer et la peine que j'allais causer à mon père. Je me suis détesté.

L'année suivante, j'ai eu une guitare et j'ai commencé à animer régulièrement des fêtes. Le chant, la musique faisaient partie de mon environnement quotidien. Depuis toujours, ils sont en moi.

Toutes les femmes, en Kabylie, chantent en toute occasion. Ma mère, je l'ai dit, passait son temps à chanter et le moindre événement se transformait en fête, donc en musique et chansons.

La tradition kabyle est très particulière en ceci que la plupart des chants parlent d'exil, de départs, de séparations, car vivre signifie aller travailler ailleurs – la plupart du temps en France ou dans une grande ville algérienne, comme Alger ou Oran. Les femmes ont donc toujours chanté ces chants émouvants et tristes où il n'est question que du départ d'un mari, d'un père ou d'un frère.

Chez nous, les femmes chantent sans prétention. Elles expriment leur sensibilité, sans fard, spontanément. Mon imaginaire leur doit beaucoup. Lorsque ma mère chantait, il y avait dans sa voix quelque chose d'angélique, d'impalpable. Les paroles de ses chansons étaient toujours d'une pudeur extrême, mais on y décelait souvent de la douleur et l'expression d'un manque profond. Elle a dû beaucoup souffrir de l'absence de mon père, même si elle ne s'en est jamais plainte ouvertement.

Dans mon village, beaucoup de musiciens m'ont inspiré. Parmi eux, « Tiloua », c'était un chanteur exceptionnel. Je l'écoutais souvent. Il est mort jeune. Je sais devoir beaucoup à ces gens connus ou anonymes, à ma mère et à toutes les autres voix de mon enfance qui m'ont bercé, des soirs durant. Les mots que j'utilise dans mes chansons, mais aussi la manière dont je chante, sont une sorte d'hommage que je leur rends. Cette simplicité, cette spontanéité du chant, sont pour moi essentielles. Souvent, je reprends un air entendu dans mon enfance, une complainte ancienne, et j'y ajoute des paroles nées de ma propre expérience. C'est cela qui fait, je crois, la force de mes chansons, ce mélange de tradition et de modernité.

Je n'ai jamais étudié ni la musique ni l'harmonie. Même lors de galas, je n'ai ni partition ni pupitre, rien. J'ai toujours travaillé à l'oreille et j'ai acquis cette oreille musicale en écoutant les anciens, en assistant aux veillées funèbres, là où les chants sont absolument superbes, de véritable chœurs liturgiques. Mais on n'y chante pas Dieu, on y parle de misère sociale, de vie, de mort. Ce sont des chants de notre patrimoine, que des générations d'hommes et de femmes ont chantés. Là est ma seule culture musicale. À part cela, je reconnais être incapable de lire la moindre note de musique, au point qu'il m'est impossible de distinguer, sur une partition, mes propres compositions. Tout ce que je fais, je le fais à l'oreille. Je prends mon mandole et j'essaie. Je trouve les accords, puis je compose des airs qui deviennent mélodies. À force de faire et de refaire, je les enregistre dans ma mémoire et je les retiens. J'accorde mes instruments à la voix, je n'utilise pas de diapason. Je sais que cela risque de surprendre un certain nombre de musiciens, mais je n'ai jamais utilisé de diapason. Je ne sais pas ce qu'est un *la* et j'ignore la différence entre une clé de *sol* et une clé de *fa*. Tout cela m'est étranger.

Sur scène, je demande aux musiciens de

se régler sur ma voix. C'est toujours ainsi que j'ai fonctionné, et toujours ainsi que j'ai enregistré mes disques. Plusieurs fois, je me suis dit qu'il serait temps d'apprendre la musique d'une manière rigoureuse. Puis j'ai estimé que cette « contrainte » risquait finalement de plus m'embarrasser que me faire progresser. Cela pouvait même me bloquer. J'y ai donc renoncé, et je m'en porte très bien. Et même si je n'ai aucune notion de musique, au sens académique du terme, je sais parfaitement quand quelqu'un joue ou chante faux, ou quand mon mandole est désaccordé. C'est, chez moi, une question d'instinct. Même en matière de musique, je suis anticonformiste, rebelle aux carcans des règles et des lois. Et puisque cela fonctionne ainsi, pourquoi se poser des questions ?

Munis de mes poèmes écrits pendant et après le service militaire et de mes quelques notions de musique, j'ai décidé un beau matin de me lancer. Je voyais que chacune des fêtes que j'animais chez moi était un succès. Pourquoi alors ne pas essayer ailleurs ? En France, par exemple ? Nous étions en 1978 et il fallait, pour se déplacer à l'étranger, une autorisation de sortie. Je l'ai obtenue, et j'ai débarqué en Haute-Savoie. Ce choix n'était pas évident pour un Méditerranéen mais on m'avait dit qu'il y avait là-bas une forte communauté kabyle et je savais qu'en cas de difficulté on m'aiderait. Je suis donc arrivé à Annemasse. Je ne savais pas faire grand-chose. J'avais certes quelques notions de mécanique générale, mais ce type de métier ne m'emballait guère. En vérité, la musique seule était dans ma tête.

Annemasse était alors une petite ville, mais fort vivante et où il y avait beaucoup de cafés. L'un d'entre eux était tenu par un Kabyle. Un soir j'y ai chanté et, chose incroyable, j'ai ramassé une petite fortune : quatre mille francs. Je n'en croyais pas mes yeux. Je n'avais jamais vu autant d'argent à la fois... Et c'était moi qui l'avais gagné, en chantant mes chansons.

Plus tard, dans ma chambre, je me souviens d'avoir compté et recompté cet argent. C'était inouï. Il ne s'agissait pas de ma part d'un goût immodéré de la richesse, mais de stupeur heureuse de découvrir que faire de la musique, chanter pouvaient devenir ma principale occupation.

Fort de cette expérience, je suis monté à Paris. Un rêve commençait à devenir réalité. Aussitôt arrivé, j'ai commencé à me produire dans les cafés à forte concentration d'émigrés. J'allais dans le dix-huitième, du côté de Barbès, et dans le troisième, vers la rue des Gravilliers. Là-bas, les gens déposaient de l'argent sur un plateau. Je me suis également produit, je me rappelle, au 16, rue Volta dans le troisième arrondissement. Cela ne marchait pas tout à fait aussi bien qu'à Annemasse mais j'étais quand même content : Paris n'était pas la Haute-Savoie, et la compétition y était plus rude.

J'avais avec moi un ami – Ramdane – qui, voyant que j'avais du succès, me poussait à continuer. Moi, je n'y croyais qu'à moitié mais il prétendait que j'avais tort, qu'il fallait absolument que je persévère. C'est lui qui, à Paris, m'a fait rencontré Idir, de son vrai nom, Cheriet Hamid. Lui a tout de suite senti que je pouvais aller très loin dans la chanson.

Ses conseils étaient pour moi d'un grand poids : il était très connu et sa chanson *Vava Inouva* («Ouvre-moi la porte») avait fait le tour du monde. Dès le début, il a été pour moi une sorte de modèle, une référence.

Un jour qu'il se produisait à la Mutualité, Idir m'a invité à chanter : c'était l'une de mes premières scènes en France. J'étais aussi heureux qu'ému. Le public m'a ovationné. C'est au cours de ce concert que j'ai rencontré deux monuments de la chanson kabyle : Slimane Azem et Hanifa. Et je leur ai parlé! J'étais aux anges. Aujourd'hui, ils sont morts, tous les deux. Slimane est mort en France des suites d'un cancer de la gorge, il y a une dizaine d'années. Le régime de Boumediene l'avait contraint à l'exil : ses chansons étaient jugées trop critiques à l'égard du pouvoir. Quant à Hanifa, qu'on avait surnommée «la voix d'or de la chanson kabyle», elle est morte oubliée de tous. Son corps n'a été retrouvé que plusieurs jours après son décès, dans une chambre d'hôtel minable de la proche banlieue de Paris. Triste destinée pour ce bouleversant rossignol. Que tous deux reposent en paix.

Rebelle

Quelque temps après ce récital impromptu à la Mutualité, Idir m'emmena dans un studio d'enregistrement qui se trouvait rue Émile-Allese, dans le dix-septième. J'y suis arrivé sans vraiment comprendre ce qui se passait. On m'a flanqué devant un micro et on m'a dit de chanter. J'ai commencé une chanson folklorique, une chanson de fête. J'y ai mis toutes mes tripes, toute mon âme, convaincu toutefois qu'il s'agissait d'un simple essai. Je ne comprenais toujours pas ce qui se passait. Quoi qu'il en soit, ils ont enregistré. Une seule prise. Et de la maquette est sorti un disque qui a aussitôt été un succès. J'étais, quant à moi, maintenant sûr d'une chose : j'aimais chanter par-dessus tout, et je voulais être professionnel.

Ensuite, tout s'est enchaîné. J'avais l'impression qu'une chose extraordinaire se produisait mais je ne contrôlais rien, ne faisais attention à rien. Au point que je me suis fait largement escroquer parce que je ne comprenais rien à ce monde. L'argent n'était d'ailleurs pas ma préoccupation majeure. Je voulais chanter, enregistrer. Mes deux premières cassettes ont été produites sous le label « Azwaw », par un producteur qui, depuis, a mis la clé sous le paillasson... J'ai royalement touché trois mille francs alors que ces cassettes ont été un véritable succès. Et je n'ai jamais vu le moindre droit d'auteur. J'étais néophyte, je n'avais pas d'agent, je ne savais pas comment le système fonctionnait. Certains en ont largement profité.

Puis tout s'est accéléré. En 1980, il y a eu l'Olympia – une salle archicomble. Parallèlement, les événements se précipitaient en Kabylie. La revendication berbère prenait forme, s'organisait, montait en puissance et le Mouvement culturel berbère, le MCB, créé en 1976, occupait le devant de la scène. Cette revendication qui me tenait tant à cœur avait enfin un cadre pour son expression politique.

Quelques semaines plus tard, le 20 avril 1980, le Printemps berbère, organisé à l'initiative du MCB, était réprimé dans la violence. Mais le mouvement pour la reconnaissance de notre identité était en marche. Il ne s'est depuis lors jamais arrêté.

4

Le feu couvait déjà depuis un certain temps. Nous étions quelques-uns à afficher et affirmer de plus en plus fort la revendication de notre identité. Notre langue, notre culture étaient méprisées. Nous revendiquions la reconnaissance de notre berbérité. Nous voulions que tamazight, notre langue, soit enseignée à l'école.

À la même époque, Mouloud Mammeri, écrivain et universitaire, se battait pour que la chaire de berbère qu'il occupait à l'université d'Alger soit maintenue. Nous le considérions comme un véritable modèle. Écrivain francophone, il a considérablement travaillé au respect de la culture berbère. Il a largement nourri notre génération. Pour nous, il était devenu un symbole et son enseigne-

ment était essentiel. Dans le climat d'hosti-
lité qui régnait à l'époque, il fallait être courageux pour enseigner le berbère. À plusieurs
reprises son enseignement s'était trouvé
menacé. Le pouvoir voulait éliminer cet
espace de liberté que Mouloud Mammeri
avait su créer et qu'il défendait obstinément.

Suivre ses cours à l'université revenait à
faire acte de militantisme.

En mars 1980, Mouloud Mammeri devait
donner une conférence sur la poésie kabyle,
au cours de laquelle il lirait des poèmes
anciens. Politiquement, on ne pouvait rien
lui reprocher. Tel ne fut pas l'avis des
hommes au pouvoir, notamment Chadli
Benjedid. Estimant qu'il s'agissait là d'un
acte subversif, il interdit purement et simplement la conférence.

Aussitôt, les étudiants décidèrent d'élever
une protestation sans savoir exactement
quelles allaient être les répercussions de leur
réaction. Pour eux, la question ne se posait
pas. Ils se regroupèrent devant l'université
de Tizi Ouzou, puis le lendemain, appelèrent
à une manifestation. Nous étions le 11 mars.
Depuis l'Indépendance, en 1962, c'était la

première manifestation organisée en Algérie où figurait le Mouvement culturel berbère.

Partie de l'université, la contestation s'étendit peu à peu à toute la Kabylie. Les hôpitaux se mirent en grève, les lycéens et les étudiants intervenaient dans les entreprises pour que les ouvriers rejoignent le mouvement tandis que des comités de vigilance s'organisaient un peu partout. Bien sûr, on se doutait que le pouvoir préparait une riposte, rendue inévitable par l'ampleur qu'avaient prise les événements.

Le 16 avril, une grève générale paralysait toute la Kabylie.

Pour la première fois depuis l'Indépendance, une révolte populaire se dressait contre un pouvoir qui se prétendait issu de la révolution – révolution qui faisait l'admiration des pays du tiers monde et était un modèle pour nombre d'entre eux. Nous étions sous le feu des projecteurs de la presse internationale, tandis que la presse nationale, aux mains du parti unique, ne donnait pas la moindre information. Encore moins le pouvoir.

Quatre jours plus tard, dans la nuit du

Rebelle

19 au 20, l'armée donna l'assaut. Tous les endroits occupés furent brutalement investis : lycées, université, hôpitaux... À la cité universitaire, les dortoirs furent en partie détruits. Les assauts causèrent des centaines de blessés, mais, miraculeusement, pas de morts. Au cours de la sévère répression qui s'ensuivit, la police procéda à des centaines d'arrestations.

Ces événements, je les suivais de loin, car j'étais en France à ce moment-là. Je dévorais la presse, je passais mon temps à téléphoner car je voulais être informé heure par heure de leur déroulement. J'enrageais de ne pas y participer, mais il y avait l'Olympia, et mon premier grand concert à Paris. J'étais déchiré, partagé entre le besoin d'être parmi les miens et mon engagement d'artiste. Lorsque je suis entré sur la scène de l'Olympia, la guitare à la main, je portais un treillis militaire, une tenue de combat. Geste de solidarité envers la Kabylie, que j'estimais en guerre. Avant ma première chanson, j'ai demandé une minute de recueillement.

Toute la salle s'est levée et a observé une minute de silence total.

À la même époque, à Paris, quelques amis kabyles et moi avons organisé une manifestation devant l'ambassade d'Algérie. Les relations entre Paris et Alger étant excellentes, la manifestation, donc, fut interdite : la France ne supportait pas de désordre sur son territoire. Nous nous sommes fait embarquer par la police – avec des passants qui se trouvaient là tout à fait par hasard. Les flics nous ont emmenés à Vincennes, où on nous a parqués, entassés à quarante dans des cellules minuscules. Les insultes racistes pleuvaient.

Plus tard, j'ai su que la sécurité militaire algérienne avait pris des photos de cette manifestation. Évidemment, j'y apparaissais, ce qui m'a valu par la suite d'être interpellé plusieurs fois à mon arrivée à l'aéroport d'Alger.

Cette période et la répression qui a suivi ont été très dures. Je ne comprenais pas que le pouvoir ait décidé de s'attaquer aussi violemment à un mouvement comme le nôtre. Le bilan a fait état, je crois, de plus de quatre cents blessés, dont certains gravement atteints. La Kabylie en est sortie déchirée. Ces événements, connus sous le nom de Printemps berbère, ont marqué le début d'une ère nouvelle. Quelque chose d'irrémédiable s'était produit, une cassure entre le pouvoir algérien et nous, les Kabyles. Rien ne pourrait plus être comme avant. Certes, nous avions reculé : comment aurait-il pu en être autrement ? Mais, au fond de nous-mêmes, nous nous sentions les plus forts. Nous avions défié le pouvoir. Malgré la répression, nous considérions notre action comme une victoire.

Si je peux faire cette comparaison, le 20 avril 1980 est un peu pour ma génération l'équivalent de Novembre 1954 pour mon père – les premiers pas vers l'indépendance. Le 20 avril, c'est toute une génération, celle de l'après-guerre, qui s'est opposée au pouvoir qui l'étouffait. Pour la première fois, nous avons pris des coups mais nous savions pourquoi : pour la revendication de notre identité, que nous voulions porter à la pointe de notre combat. Depuis l'Indépendance, le sujet était resté tabou : sans doute était-il ressenti comme une menace pour le pouvoir. Le 20 avril, nous avons pleinement assumé notre combat, et personnellement, je l'ai vécu comme un nouvel acte de naissance.

C'est la raison pour laquelle cette date reste importante pour tous les Berbères, et que chaque année, nous en fêtons l'anniversaire. Chaque année, je retourne là-bas, chez moi. Chaque année, ce sont des centaines de milliers de Kabyles qui répondent présents. D'ailleurs, il y en a de plus en plus, parce que les jeunes rejoignent à leur tour le mouvement. La jeunesse a adopté notre combat, même ceux qui ont vingt ans aujourd'hui – et qui en avaient six en 1980.

Les défilés se terminent généralement par de vastes meetings où l'on chante. En ce printemps 1994, le stade de Tizi était noir de monde, plein d'une foule incroyable – une véritable fête. J'ai chanté des chansons contre le terrorisme. J'ai parlé de l'assassinat de nos intellectuels par les intégristes, de cette terrible liste noire qui s'allonge chaque jour davantage. J'ai dénoncé les abus du pouvoir. J'ai chanté contre le laxisme des autorités dans la lutte contre la violence aveugle des intégristes. Le pouvoir laisse faire l'intégrisme en Kabylie et il étouffe notre évolution culturelle et identitaire. Dès le début, nous avons tiré le signal d'alarme, déclaré que ce qui se passe aujourd'hui en Algérie est grave. Si l'on n'agit pas de façon urgente, ce sera trop tard, la réalité quotidienne le prouve abondamment.

Pourquoi exigeons-nous la reconnaissance de notre identité ? Parce que nous ne possédons rien d'autre. Je combats pour mes racines, et ma relation avec la Kabylie est charnelle. Mon pays m'apparaît comme une pierre brutalement détachée d'un bloc. Nous appartenons, nous Kabyles, a un ensemble qui dépasse largement les frontières de la Kabylie elle-même, car la zone d'influence berbère s'étend de la Libye au Maroc.

Grâce à notre combat, les Berbères des autres régions d'Algérie – les Aurès, le M'zab, les Touaregs du Hoggar ou du

Maroc, ceux du Rif – cherchent à retrouver
et à vivre leur identité. Nous ne le savions
pas au début, mais c'est une résurrection de
l'histoire du Maghreb que nous avons enta-
mée. Voilà ce que nous voulons faire reconnaître : notre existence, géographiquement
éparse, doit être admise institutionnelle-
ment. En fait, à travers le Mouvement culturel berbère, c'est tout l'avenir maghrébin qui
se joue et, dans une certaine mesure, le bas-
sin méditerranéen dans son ensemble est
concerné.

De plus, au-delà de l'aspect culturel et
politique, je me sens impliqué par la
Kabylie, parce que j'y cultive une affectivité
particulière. Lorsque quelque chose se produit là-bas – un événement, une catastrophe
– et que je ne suis pas chez moi, je le supporte mal. Entre la Kabylie et moi existe une
relation de près de quarante ans. Cette terre
est mon refuge, mon terrier, ma consolation,
le seul endroit où je me sente véritablement
bien.

Beaucoup de choses nous réunissent,
nous soudent dont, notamment, ce combat,
cette résistance et une certaine forme de

survie. Nous voulons nous défendre, protéger ce qui nous appartient, préserver nos valeurs. Je ne veux pas démissionner. Tout ce qui se déroule là-bas me touche au premier chef parce que c'est notre avenir qui se joue. L'avancée arabo-islamiste constitue un danger : chaque jour, les témoignages toujours plus alarmants des victimes de la violence islamiste nous confortent dans une vision très pessimiste. Le péril est là. Il y a urgence.

J'ai parfois entendu exprimer l'opinion que le combat qui se mène aujourd'hui en Kabylie pourrait faire basculer la région dans la guerre civile, dans une sorte de combat régionaliste. Je prétends au contraire que les autres régions devraient prendre modèle sur la Kabylie et suivre notre exemple. Alors, peut-être, les choses seraient différentes. Ne renversons pas les problèmes. Il est impossible d'accepter ce qui se passe : une prétendue cohabitation entre l'islamisme absolu, l'islam religieux intolérant et violent d'un côté, et l'islam de nos pères et de nos mères, celui que nos familles ont pratiqué au cours des siècles.

Ils ne peuvent pas s'accorder. Nous avons réussi à intégrer un islam de tolérance dans nos traditions. Mais jamais les femmes de Kabylie n'accepteront de troquer la robe kabyle pour le *hidjab*. Sur ce point, nous ne capitulerons pas.

Comment, dans ces conditions, expliquer l'existence de maquis islamistes en Kabylie ? Je crois savoir qu'ils se développent, ce qui est grave. Pour répondre à cette question complexe, il faut peut-être revenir en arrière.

Les maquis existent parce qu'ils ont bénéficié du soutien d'une petite frange de la population, essentiellement constituée de marabouts. En Kabylie les sociétés maraboutiques – très puissantes – détiennent une grande partie du pouvoir économique et régissent la vie religieuse. Leurs excès ont rendu les Kabyles méfiants, et donc distants par rapport à l'islam. Comme les sectes, ces sociétés fonctionnent grâce au don, à l'offrande – argent ou denrées.

Leur origine se situe sans doute au haut Moyen Âge. Certains marabouts se préten-dent les descendants du Prophète, à l'époque du royaume des Almohades. Se considérant comme des émissaires, ils ont un objectif : islamiser la Kabylie.

Nos mères, nos grands-mères, pratiquantes à leur façon, avaient largement recours aux marabouts. Profitant de leur naïveté, ils ont exploité leur conscience et leur foi. Puisqu'il fallait à tout prix obtenir leur bénédiction, on devait les servir, aller chercher de l'eau pour eux, couper du bois ou rapporter de la nourriture. En retour, ils donnaient leur bénédiction, qui garantissait protection et chance. Ce système a fonctionné pendant de longues années chez nous, a même perverti une part de la société et, en certains endroits, existe toujours. Chez nous, lorsque vous faites un don d'argent, vous le confiez directement au cheik qui en fait ce qu'il veut. Le clergé n'existant pas, le cheikh n'a de comptes à rendre à personne. C'est ainsi que l'on a pu voir de véritables fortunes se constituer. Peu à peu, les marabouts ont pris de l'importance non seulement sur le plan économique, mais aussi sur le plan politique. Le régime, d'ailleurs, les a largement utilisés, car ils formaient une sorte de relais entre les populations autochtones et le pouvoir central. Par parenthèse, depuis l'Indépendance, tous les ministres kabyles sont des marabouts : ce n'est pas un hasard.

On avait besoin d'eux. Ils sont devenus l'« autorité », et cette responsabilité leur a valu un réel statut social. Le phénomène maraboutique, qui avait régressé dans les années 1970-1980 grâce notamment au Mouvement culturel berbère attaché depuis toujours à dénoncer leur emprise – même si pendant longtemps en parler était tabou –, paraît aujourd'hui, malheureusement, resurgir plus vigoureusement, étant donné la profondeur de la crise morale et politique qui secoue notre pays. Le problème est d'autant plus grave que des liens existent – ils ont été prouvés – entre certains marabouts et les réseaux intégristes. Les islamistes qui cherchent un appui dans les villages utilisent le relais des marabouts – je reviendrai plus tard sur ce point. N'en déplaise à certains, le fait est là et vérifiable : de grandes familles maraboutiques financent aujourd'hui la mouvance intégriste. Si l'on veut bien y regarder d'un peu près, on se rendra compte qu'en Kabylie, les « fiefs intégristes » sont en même temps des fiefs maraboutiques. Il faut que nous, démocrates, luttions sur trois fronts : le pouvoir, les intégristes et le maraboutisme.

Heureusement, les choses évoluent, tout doucement peut-être, mais elles évoluent. Depuis les premières actions intégristes, il y a trois ans de cela, les gens ont pris conscience que le danger menaçait et qu'il fallait s'organiser. Aujourd'hui, l'urgence s'impose. Plusieurs villages ont décidé de mettre en place des comités de vigilance. Lorsque les risques se précisent, les villageois s'organisent en petits groupes et, la nuit venue, forment des patrouilles de surveillance, armés de simples fusils de chasse datant de la guerre d'Indépendance. Ce sont ces comités et leurs actions qui, souvent, ont empêché l'assaut d'islamistes appartenant au GIA, le Groupe islamique armé. Les exemples ne manquent plus, en Kabylie, où tel village a repoussé les terroristes du GIA tel jour. Telle est la situation actuelle. Devant

les carences du pouvoir incapable de protéger la population, il faut se défendre. C'est
notre existence même qui est menacée
– notre vie et notre dignité. Notre liberté est
à ce prix. Nous voulons vivre, penser, écrire,
chanter. Les Kabyles ont droit à leur liberté.
Droit également de choisir leur religion et la
façon dont ils veulent la pratiquer. Les
femmes ont le droit de sortir sans voile sur
la tête. Nous voulons que nos enfants puissent s'épanouir dans un milieu culturel qui
leur appartient. C'est pour cette liberté que
nous nous battons aujourd'hui, et que nous
sommes prêts à mourir. Notre combat est
essentiel : personne n'a le droit de piétiner
nos valeurs.

Je m'exprime par la chanson, je suis un
poète. D'autres le font par le biais de la politique. Mon enlèvement et la solidarité qui a
suivi l'ont prouvé. Si les Kabyles n'étaient
pas d'accord avec ce que je défends, avec les
valeurs que j'exprime, ils ne se seraient pas
mobilisés comme ils l'ont fait. Ils m'ont sorti
de l'enfer. Notre combat est commun.

Pour mon peuple, je représente une sorte

d'espoir. Pour cette raison, lorsque je me produis chez moi dans un gala, je ne me fais jamais payer. Je ne m'en sens pas le droit. J'ai le devoir de me produire devant ce public qui m'aime et, en retour, la seule façon que j'ai de lui dire que je l'aime est de lui offrir mes spectacles. Les rares fois où j'ai fait des galas payants, la recette est allée directement à une association ou une œuvre. Je n'ai jamais triché, et tout le monde sait ce que j'ai enduré. Peut-être les Kabyles s'identifient-ils un peu à moi. J'ai toujours été un esprit libre refusant les luttes partisanes et les clans. La Kabylie aussi a toujours été rebelle au pouvoir central. Le combat, la lutte sont des constantes dans notre histoire. Certains me considèrent comme «une légende vivante» : c'est évidemment largement exagéré, mais à coup sûr les jeunes voient en moi une sorte de modèle.

Je n'ai jamais caché les galères que j'ai subies dans ma vie, ni les moments difficiles, pas plus que mes erreurs. Je n'ai jamais caché à mon jeune public que j'ai fait de la prison et qu'il faut faire attention, parce que l'on peut très vite basculer.

La prison, pour moi, a un nom et une adresse : 42, rue de la Santé à Paris. Bloc D. J'y suis resté un mois et je n'en garde pas un si mauvais souvenir. L'épisode est cocasse et mérite d'être raconté. En 1985, j'avais de grosses difficultés avec un producteur, les Éditions Disco Laser, qui m'escroquait et me devait beaucoup d'argent. J'enregistrais à l'époque un disque à Nogent-sur-Marne et je rentrais assez tard à mon hôtel près de Barbès.

Un soir, je trouve le producteur qui m'attendait à la réception de l'hôtel. Sous sa veste, je vois un couteau. Il commence par m'insulter. Peut-être avait-il bu, en tout cas, je sentais que les choses commençaient à mal tourner. J'avais, moi aussi, un couteau dans ma chambre. Sous un prétexte quelconque, je monte le chercher. En redescendant, je constate que mon producteur, loin de se calmer, me provoque de plus belle. Un certain code d'honneur m'interdit de me laisser insulter de la sorte. Nous sortons, notre couteau dans la main. La scène devait

évoquer un archaïque affrontement de gla-
diateurs. Dès qu'une voiture passait, nous
faisions comme si de rien n'était. Aussitôt
après, la bagarre reprenait avec plus d'énergie. À un moment donné – peut-être étais-je
plus souple que lui –, je le touche à l'abdo-
men. Il s'écroule.

Affolé, je me suis enfui. Je suis allé dans
une boîte de nuit où j'ai essayé de réfléchir :
il fallait que je quitte le pays. J'ai pensé
rejoindre Annemasse où j'avais des amis et,
de là, gagner l'aéroport de Genève pour
prendre le premier avion vers Alger. Au petit
matin, je suis retourné à l'hôtel récupérer
mes affaires. En passant à la réception, j'ai
deviné quelque chose de bizarre. Je suis
monté dans ma chambre pour faire ma
valise, et là, j'ai entendu une voix qui me
disait : « Si tu bouges, je t'éclate la tête. »
Évidemment je n'ai pas bougé. C'était un flic
en civil qui m'attendait. Menottes aux poi-
gnets, j'ai quitté l'hôtel. Au commissariat des
Grandes-Carrières, dans le dix-huitième
arrondissement, j'ai eu droit à quarante-huit
heures de garde à vue pendant lesquelles on
m'a répété que le producteur était mort. Que

je risquais quinze à vingt ans de prison. Bref, que pour moi les choses allaient très mal.

Je ne sais pas pourquoi on a essayé de me faire croire à la mort du producteur alors qu'en fait il n'était que blessé. En tout cas, le lendemain je me suis retrouvé à la Santé.

Nous étions quatre dans la cellule, tous des Algériens. Dès mon arrivée, ils m'ont reconnu. «Ah! Matoub!» Nous avions à tour de rôle des corvées à faire : à aucun moment ils n'ont accepté que j'effectue les miennes. On parlait beaucoup, on échangeait des impressions. Je parlais de la Kabylie, de ce qui s'y passait. L'un de mes compagnons de cellule était condamné à douze ans de prison pour l'assassinat de sa petite amie, que d'ailleurs il a toujours nié. On se débrouillait pour faire réchauffer de la nourriture ou du café. Nous avions des mèches, ce qui était parfaitement interdit, bien sûr. Mais les gardiens fermaient les yeux. J'étais plutôt inquiet sur mon sort, d'autant que je n'avais pas d'information. Mon avocat non plus. Pendant cette période, je n'ai pas composé une seule chanson.

L'enfermement est difficile à supporter lorsque l'on est habitué à vivre dehors et la nuit. Nous n'avions droit qu'à quinze minutes de promenade par jour. Le reste du temps, on ne voyait que les murs sales de la cellule.

Enfin, quatre semaines plus tard, je suis convoqué chez le directeur qui me tient des propos incroyables : «Je suis désolé, soyez sûr que nous avons la plus grande considération pour vous. Un jour, vous vous souviendrez des semaines que vous avez passées ici comme d'une expérience. Vous savez, beaucoup de grands hommes ont fait de la prison à la Santé...» Il m'annonçait que j'étais libéré : le producteur, légèrement blessé, était un multirécidiviste de l'arme blanche. Aucune charge n'était retenue contre moi. La première bouffée d'air que j'ai respirée en quittant la Santé a été comme une redécouverte, une sensation très profonde. Moi qui n'y étais que depuis un mois, j'imaginais les condamnés qui en sortent après dix ou douze années de détention.

Voilà, voilà ce que fut et ce qu'est ma vie.

Je n'ai jamais cherché à dissimuler les
moments difficiles pour donner de moi une
image magnifiée, comme le font certains
artistes. Je me présente devant mon public
tel que je suis, et tel que j'ai vécu : c'est le
minimum de loyauté que je dois aux gens
qui m'écoutent. Je crois que si les jeunes
m'aiment autant, c'est parce qu'ils savent
que non seulement je comprends leurs difficultés, mais que je les ai vécues aussi. Celui
qui dérape sait qu'à un moment ou un autre
de ma vie, j'ai connu ce qu'il subit, l'essentiel étant de se ressaisir. Il sait qu'il y aura
toujours une chanson dans laquelle il
pourra se reconnaître. C'est ma manière de
donner une place aux exclus. Beaucoup de
jeunes me l'ont confié : ils avaient l'impression que personne n'était capable de les
entendre, de les comprendre. Peut-être faut-
il voir là l'explication de leur vulnérabilité
aux sirènes intégristes. Il suffirait parfois
d'un rien pour qu'ils résistent à cet appel :
simplement être écouté.

L'épisode « prison de la Santé » refermé,
revenons à la chanson. À mon image, mes
poèmes sont indisciplinés, dérangeants.

Dans mes chansons, je parle de tout – de la vie, de l'amour, de la mort. J'aborde tous les sujets, je dénonce les abus sous toutes leurs formes. Oui, on peut considérer que je suis un chanteur engagé. À partir du moment où je mets en cause le pouvoir qui m'a enlevé ma dignité, qui méprise mon identité, ma culture, et dont je conteste les diktats, je suis engagé, en effet. C'est parce que je dérangeais que l'on m'a enlevé. C'est parce que je dérangeais que l'on a tiré sur moi. C'est parce que je dérange que mes chansons, connues partout dans le pays, sont aujourd'hui interdites sur les ondes des radios et à la télévision algérienne. Je n'ai jamais été diffusé. Aucun de mes galas n'a jamais été retransmis. Je ne me suis jamais produit à la télévision. Si invraisemblable que cela paraisse, c'est la réalité.

On me considère comme le chanteur le plus populaire dans mon pays, et je reste interdit d'antenne. Paradoxe étonnant.

Ce succès vient sans doute de ce que je m'adresse aux gens, que je leur parle. Je suis à l'écoute de ce qui se passe. Avant mon enlèvement, je discutais longuement dans les cafés – c'est d'ailleurs là que le GIA m'a arrêté – avec des vieux, des jeunes, en général des gens simples. Nous parlions de tout. De leur vie, de leurs craintes et des difficultés auxquelles ils devaient faire face. J'étais avec eux, tout simplement. Je connais tout le monde là-bas, et tout le monde me connaît. Je suis en quelque sorte l'enfant d'une collectivité. Lorsque je leur parle, les gens savent que je ne les trahirai pas. Au contraire, je suis en quelque sorte leur porte-parole. J'exprime ce qu'eux n'osent pas dire, je suis un porte-drapeau, élevant le mot « identité » comme un étendard.

L'alcool, j'en parle aussi parce que je ne vois pas pourquoi j'arrêterais d'en boire sous prétexte que quelques fanatiques de l'islam veulent m'imposer leur loi. Toute religion fanatisée a toujours été un frein à la progression des idées et des mentalités, et a toujours paralysé l'évolution du savoir. L'histoire est riche d'exemples : le Moyen Âge, les guerres de Religion, l'attitude du clergé pendant la Révolution française, etc. La religion exploite les consciences. Je ne veux pas que l'on exploite la mienne.

Au nom de cette religion, on assassine chaque jour en Algérie – intolérance et bêtise. On s'attaque à tout ce qui fait évoluer : les intellectuels, les médecins, les journalistes, les enseignants, les jeunes femmes qui refusent de porter le voile. Même les enfants servent de moyen de pression sur les parents. Des êtres que j'aimais beaucoup ont été tués parce qu'ils avaient le malheur de penser ou d'écrire, parce qu'ils étaient des esprits libres. L'un d'eux, Tahar Djaout, a été le premier journaliste à tomber sous les balles intégristes. J'ai composé, pour lui rendre l'hommage qu'il méritait, une chanson qui s'adresse à sa fille et qui porte d'ailleurs son nom : *Kenza*. J'ai imaginé une voix s'adressant, de l'au-delà, à cette enfant de trois ans. C'est l'homme révolté qui s'exprime et s'indigne des larmes sur le visage d'une petite fille.

Je suis allé voir Tahar Djaout à l'hôpital avant sa mort. Il était en salle de réanimation. J'étais présent à son enterrement. J'ai vu la détresse de sa famille. La douleur visible sur les visages m'a été insupportable. Cet homme sincère, aux qualités morales

exceptionnelles, ils l'ont tué. En l'assassinant, c'est nous tous qu'ils ont voulu faire
taire. C'est la conscience populaire que l'on
veut bâillonner. C'est l'Algérie dans son
ensemble que l'on veut réduire au silence.
C'est le sort de tout un peuple qui est en jeu.
Voilà ce que j'ai voulu exprimer dans *Kenza*.

La popularité que j'ai acquise au fil des
années, j'ai failli la payer cher. J'avais écrit
une chanson contre Chadli ; or, s'attaquer au
président de la République algérienne en
1980 équivalait à un crime. J'ai donc été
arrêté à plusieurs reprises à l'époque.
Voyant que cela ne m'empêchait ni de chanter, ni d'écrire, ni de dire ce que je pensais, le
pouvoir, aidé de la sécurité militaire, a eu
recours à une méthode beaucoup plus per-
nicieuse : le discrédit.

En 1985, beaucoup de bruits se sont mis à
courir sur mon compte. On ne savait pas
d'où ils venaient mais ils prenaient de plus
en plus d'importance. Rumeur terrible,
impitoyable. On a commencé à faire courir
le bruit que je travaillais pour le pouvoir. En
cette période très tendue politiquement, il y

avait beaucoup d'arrestations d'opposants. Mes amis, mes proches étaient arrêtés. Moi pas. On a commencé à s'interroger à haute voix. Comment expliquer qu'à l'époque de la création de la Ligue des droits de l'homme – alors que les fondateurs étaient tous envoyés en prison et torturés –, je n'aie pas été inquiété ? Le soupçon s'est répandu.

La manœuvre était simple : j'avais trop d'impact, une influence trop importante, il fallait donc me casser. On a failli y parvenir. Cette période de ma vie m'a laissé une cicatrice indélébile. Le gouvernement avait décidé de me couper de mon public. J'ai failli devenir fou, j'en voulais à tout le monde. Au pouvoir, évidemment, mais également à l'opposition kabyle qui ne faisait rien pour me soutenir. L'injustice était énorme, la provocation également. Mais comment le faire comprendre ? La rumeur peut tuer, elle est abjecte. Des bruits courent sans que vous ayez la moindre possibilité de les arrêter, d'en démonter l'origine ou les mécanismes. Le système fonctionnait. À plusieurs reprises, je me souviens d'avoir forcé des barrages. Je voulais que l'on m'arrête. Je voulais que les gens qui m'avaient jusqu'alors soutenu reconnaissent l'invraisemblance de la situation. D'autres, des amis, subissaient sans relâche les harcèlements de la police. Moi, rien.

Je pouvais accepter bien des choses, mais pas cela. Mon honneur, mon intégrité morale étaient mis en cause. Jamais je n'aurais accepté de « collaborer » avec le pouvoir. Jamais je n'accepterai. Les manipulateurs avaient cependant réussi à semer le doute dans les esprits.

J'ai fait une chanson, par laquelle je voulais « évacuer » ma peine, où je faisais parler la population. Le refrain dit ceci : « Pourquoi a-t-on emprisonné untel ? Et t'avoir laissé libre, toi, l'homme au verbe tranchant qui en a brûlé plus d'un ? Si tu crois nous avoir dupés, détrompe-toi, tu es le seul à avoir été berné. »

Telle était la situation en Algérie et en Kabylie. En France, à la même époque, les choses n'allaient pas vraiment mieux. Les esprits étaient occupés par la cassette écrite contre Ben Bella et Aït Ahmed juste après la signature de ce que l'on a appelé l'«accord de Londres». En 1985, tous deux ont passé à Londres une alliance en appelant au peuple algérien, mais cette alliance a été très mal perçue en Algérie. On ne comprenait pas comment ces deux responsables, qui s'étaient opposés en 1963 d'une manière extrêmement violente – les affrontements entre les deux camps, je le rappelle, avaient fait des centaines de victimes –, pouvaient tout à coup sceller ce pacte «contre nature». Vingt-trois ans plus tard, les Algériens découvraient, avec cet accord de Londres, que ceux qui avaient entraîné l'Algérie dans une guerre fratricide se réconciliaient alors même que les plaies de la guerre ne s'étaient toujours pas refermées. On a crié à l'outrage. À la trahison. J'ai vigoureusement dénoncé cette alliance. L'histoire aujourd'hui m'a donné raison.

Mais la presse de l'époque m'est tombée dessus. Je me souviens de l'article de *Libération*. L'auteur y dénonçait «le fascisme d'un certain Matoub Lounès qui propose, entre deux accords de guitare, de jeter les Arabes à la mer». Quand j'ai lu cela, j'ai failli devenir fou. En Algérie je pouvais me défendre contre de tels propos. En France, cela m'était beaucoup plus difficile. *Libération* est un grand journal et la communauté maghrébine importante. Qualifier mes propos, et donc moi-même, de fascistes, c'était aller très loin.

Les choses ont failli tourner dramatiquement, quelque temps après la parution de cet article, alors que je me trouvais avec un ami près de la gare Saint-Lazare. Nous descendions la rue d'Amsterdam lorsqu'une voiture passe en trombe à notre niveau. On nous tire dessus. Nous n'avons eu que le temps de nous cacher derrière une automobile en stationnement et de voir qu'à l'intérieur du véhicule qui nous avait visés, il y avait des Nord-Africains.

À la même époque, des tracts ont été distribués contre moi dans les quartiers à forte concentration émigrée. Aucun producteur n'a voulu éditer la cassette sur l'accord de Londres. Par la suite, j'ai su que tous avaient reçu des menaces, d'où leur peur. À Barbès, là où j'avais fait produire mes cassettes pré-

cédentes, on m'a refusé celle-là. C'est un
Juif tunisien qui a finalement accepté d'en
assurer la production. Je l'en remercie.
Aujourd'hui, sa maison, Le Grand Comptoir
de La Chapelle, n'existe plus et ma cassette
est introuvable sur le marché. Malgré tout
ce qu'elle m'a valu comme problèmes, je
n'ai pas regretté de l'avoir faite et je ne la
renie en rien.

Je comptais sur une « réhabilitation »
chez moi : il a fallu que j'attende 1988 et les
cinq balles d'octobre pour que la vérité se
fasse jour en Algérie comme en France. Les
gens se sont alors rendu compte qu'ils
avaient été abusés par la gigantesque manipulation des autorités. C'est malheureusement à ce prix-là que j'ai regagné leur
confiance. Je ne pardonnerai jamais au pouvoir de m'avoir fait subir une telle épreuve.

5

Au fil des mois la tension ne cessait de monter partout en Algérie. Nous savions que quelque chose de grave allait se produire, mais nous ne savions pas quand. Le prix des produits de première nécessité flambait; la semoule, l'huile, le pain commençaient à manquer. Une grave crise économique, peut-être la première, gagnait le pays. C'est à Alger que la situation était sans doute le plus sensible, et c'est là que tout a commencé. Nous étions au début d'octobre 1988. D'abord, ce furent quelques rassemblements, des manifestations le plus souvent spontanées, menées par des jeunes qui revendiquaient simplement du pain. Puis, en l'espace de quelques jours, le mouvement s'est largement étendu. La contestation s'est transformée en émeutes, dont certaines très violentes. Des milliers de personnes envahirent les rues.

La Kabylie, quant à elle, était restée relativement calme. À part quelques mouvements dans les banlieues de Tizi Ouzou, elle n'avait rien connu de très spectaculaire. À Alger, où l'armée s'était déployée dans les rues, des chars occupaient les axes centraux de la ville et l'état de siège avait très vite été décrété. Le 5 octobre, les manifestations atteignirent une extrême violence, Alger était en ébullition. La Kabylie, habituée depuis longtemps aux soulèvements populaires, assistait de loin à cette lame de fond venue de la capitale, sans véritables meneurs, provoquée spontanément par un ras-le-bol trop longtemps contenu. Le 9, nous décidons de nous réunir devant l'université de Tizi Ouzou pour diffuser un tract appelant la population au calme et à deux journées de grève générale en signe de soutien aux manifestants d'Alger. Il n'y avait a priori aucun danger : les gendarmes étaient en état d'alerte, bien sûr, mais la situation n'était en rien comparable à celle de la capitale. L'état de siège n'ayant pas été décrété, les renforts arrivés en Kabylie n'apparaissaient que comme une mesure préventive. Donc, je prends un paquet de tracts à distribuer et je monte dans ma voiture. Deux étudiants m'accompagnaient. Nous prenons la direction d'Aïn el-Hamman, ex-Michelet, et en chemin nous arrêtons les voitures, les autobus pour distribuer notre appel. Quelques kilomètres avant Michelet, une Land Rover venant en sens inverse fonce droit sur nous. C'était un véhicule de la gendarmerie. Nous avions été repérés. Je me suis collé au pare-chocs d'une 4 L qui roulait devant moi, sûr que la Land Rover voulait nous couper la route. Puis, comme je doublais la Renault, l'un des étudiants, assis à côté de moi, a baissé la vitre pour prévenir le chauffeur que nous risquions d'être arrêtés et qu'il fallait avertir un maximum de gens. J'avais vu dans mon rétroviseur que la Land Rover avait fait demi-tour et qu'elle nous prenait en chasse. Roulant à toute allure sur la route étroite et sinueuse, j'essayais de gagner du temps. Mon objectif était d'atteindre Michelet où, croyais-je, les gendarmes hésiteraient sans doute à nous arrêter en pleine ville. De plus, atteindre Michelet présentait, pour nous, un autre avantage : elle était sous l'autorité de la police qui, elle, ne savait pas que nous transportions des tracts et n'avait du coup aucune raison de nous arrêter. Il s'agissait donc d'échapper à tout prix à la gendarmerie. J'ai toujours éprouvé une grande méfiance envers les gendarmes qui relèvent de la tutelle militaire, c'est-à-dire de la défense nationale. À l'inverse de la police qui recrute souvent parmi la population locale, la majorité des gendarmes n'est pas originaire de la région. Comme beaucoup d'agents de l'État, ils ont tendance à montrer un peu trop de zèle et à abuser de leur pouvoir.

Tout à coup, éclate une détonation. Dans mon rétroviseur, je vois l'un des occupants de la Land Rover sortir la tête de la voiture. Je m'arrête brusquement. Les gendarmes, surpris, heurtent mon pare-chocs arrière. Furieux, ils sortent et commencent à m'insulter, tout en passant les menottes aux deux étudiants qui m'accompagnaient. Je pensais que j'allais subir le même traitement. Pas du tout. Après les insultes viennent les crachats. En arabe, ils me traitent de « fils de bâtard ». Soudain, l'un d'entre eux s'approche de moi, il ajuste son arme et me tire à un mètre de distance une balle dans le bras. L'impact m'a fait vaciller, mais, surtout, je ne comprenais pas ce qui m'arrivait. Aussitôt suivit une rafale, et le même gendarme me tira cinq balles dans le corps. J'ai senti une violente douleur dans le ventre, à gauche. Que signifiait tout cela ? J'étais complètement désorienté, je ne savais plus réellement où j'étais. Dans le contexte où se trouvait le pays, les forces de l'ordre n'hésitaient pas à multiplier les passages à tabac, mais n'utilisaient jamais de balles. De plus, nous étions à l'arrêt, désarmés, sans aucune intention menaçante. Comment les gendarmes pouvaient-ils penser que nous représentions le moindre danger ? Leur réaction était complètement disproportionnée, inexplicable. Et pourquoi m'avoir visé particulièrement ? Parce que j'ai un visage connu ? Pour faire un exemple ? Je n'en sais rien. J'avais l'impression d'être un gibier pris au piège, tiré à bout portant avec une incroyable sauvagerie.

Une balle m'a traversé l'intestin et fait éclater le fémur droit. Je ne sentais plus ma jambe. Je me suis effondré. Puis, je me souviens qu'on m'a soulevé et jeté dans la Land Rover, sans aucun ménagement, sans tenir compte de mes blessures ni du sang que je perdais en abondance. Mon corps n'était que douleur, je souffrais terriblement. Je gémissais. Je me sentais faiblir mais je ne pouvais pas estimer la gravité de mes blessures. J'avais si mal que j'ai cru mourir. J'ai le très vague souvenir d'avoir entendu les deux étudiants qui m'accompagnaient crier et pleurer. Les gendarmes m'ont malgré tout emmené à l'hôpital de Michelet, un hôpital de campagne, petit et mal équipé. En arrivant dans la cour, je me rappelle qu'ils ont crié au personnel médical, en arabe : « Tenez, le voilà, votre fils de chien. » Pourquoi cette haine gratuite ? Ils m'avaient tiré dessus, s'ils avaient pu me tuer sans que les conséquences en soient trop graves, ils l'auraient probablement fait. En dépit de l'état où j'étais, ils trouvaient le moyen de m'insulter. L'un d'entre eux m'a quand même accompagné aux urgences et j'ai compris qu'il y avait une violente altercation entre les médecins et lui. La douleur était si intense que je me suis évanoui. La suite m'a été racontée plus tard : je devais absolument être transporté ailleurs, l'hôpital de Michelet ne disposant pas du matériel nécessaire, mais le responsable local s'y est refusé, prétextant que l'Algérie était à ce moment-là sous autorité militaire. Cette décision très importante ne relevait pas de sa compétence à lui, simple *wali* (préfet). Il devait avertir ses supérieurs. Alertée, ma mère était accourue à l'hôpital ainsi que mes amis les plus proches. En me voyant, elle s'est effondrée.

J'ai su par la suite qu'il avait fallu un véritable coup de force pour que je quitte cet hôpital. On craignait que des barrages n'aient été dressés pour arrêter l'ambulance qui me conduisait. Nous avons emprunté des petites routes, et effectué le parcours de cinquante kilomètres dans des conditions très difficiles en courant les plus grands risques. L'ambulance a mis des heures pour atteindre Tizi mais c'était le seul moyen d'échapper aux barrages. Si les gendarmes nous avaient arrêtés sur la route, je risquais de rester bloqué assez longtemps pour mourir dans l'ambulance.

J'étais inconscient lorsque nous sommes enfin arrivés à l'hôpital de Tizi Ouzou. Quand ils ont constaté mon état, les médecins – qui, d'ailleurs, me connaissaient tous – n'ont pu que réserver leur pronostic : j'avais perdu beaucoup de sang et il était très difficile d'évaluer les dégâts causés par les balles. Je suis resté trois jours à Tizi Ouzou. Ensuite, j'ai dû être évacué sur Alger. Ma famille faisait tout ce qu'elle pouvait pour je puisse partir à l'étranger, en France : les autorités s'y opposaient catégoriquement.

Arrivé à Alger, j'ai aussitôt été transféré à la clinique des Orangers, escorté par un fourgon bourré de gendarmes armés jusqu'aux dents. J'avais repris conscience, mais mon état n'était pas brillant. L'information selon laquelle j'avais été blessé s'était déjà largement répandue. Malgré l'état de siège, des centaines de personnes m'attendaient et, dès les premiers jours de mon hospitalisation, les lettres et les témoignages de soutien ont afflué. J'étais au plus mal, contraint de subir une série d'interventions qui m'avaient beaucoup affaibli.

Peu à peu, les gens ont commencé à venir me voir directement dans ma chambre. Certains jours, le défilé était continuel, malgré les harcèlements de la police qui exigeait de voir la carte d'identité et relevait les adresses des visiteurs. Je suppose que c'était un moyen de les intimider pour les dissuader de venir. Ces visites, même si elles me fatiguaient beaucoup, ces témoignages que je recevais chaque jour, m'ont énormément aidé : plus que jamais, j'avais besoin de ce réconfort moral. Pendant six mois, du jour de mon hospitalisation au jour de mon évacuation vers la France, il ne s'est pas passé une journée sans qu'on vienne me voir. Des quatre coins du pays, en transport public ou en voiture particulière, les gens affluaient de partout. Jamais je n'aurais jamais pu imaginer une telle réaction. Ma popularité n'y était pour rien ; bien sûr, on venait voir Matoub le chanteur, mais surtout on apportait son soutien à un homme blessé par le pouvoir. C'était incroyable. Par des paroles apaisantes, encourageantes, chaleureuses, chacun me donnait une part de lui-même. Et chaque jour les visiteurs étaient un peu plus nombreux.

Les cinq balles que j'avais reçues dans le corps me faisait souffrir le martyre. Malgré le dévouement du service médical, je me rendais compte que même cette clinique manquait de matériel et connaissait de gros problèmes d'hygiène. En 1988, les établissements sanitaires commençaient déjà à péricliter, ce qu'on peut expliquer par une simple raison : au début des années 1970, l'opération « médecine gratuite » lancée par Boumediene avait entraîné une baisse notable de la qualité des soins et des infrastructures, laissées très vite à l'abandon. Le délabrement gagna tous les services. Les règles d'hygiène n'étaient plus respectées par des personnels hospitaliers démotivés. La désorganisation était telle que tous les patients hospitalisés en Algérie ont appris à leurs dépens qu'il valait mieux ne pas tomber malade dans notre pays. Tout cela, que je savais déjà, je l'ai malheureusement bientôt vérifié. Mes blessures et les diverses opérations que j'avais subies me valaient infection sur infection malgré les soins particuliers que l'on me prodiguait. Mais le pire, c'était les douleurs intenables qui m'empêchaient de m'assoupir. Ce manque de sommeil aggravait mon état déjà fragile. Je devenais irascible, capricieux, j'avais des sautes d'humeur brutales et incontrôlables. Toute cette période reste pour moi un vaste cauchemar.

Le seul moyen de calmer la souffrance physique a été la morphine. Il arrivait que les infirmières me fassent plusieurs piqûres par jour, tant la douleur devenait intolérable. Conséquence : ma dépendance à la drogue augmentait chaque jour. Je suis tombé dans une vraie toxicomanie, je ne pouvais plus me passer de morphine. Sitôt que je la réclamais, on m'en injectait. Je ne me suis pas rendu compte tout de suite des ravages qu'elle commençait à produire sur mon organisme, ni de l'état de dépendance dans lequel je m'installais petit à petit. Je finissais par réclamer ma dose de Dolosal

– un dérivé de la morphine – avant même de sentir la douleur. Les infirmières, elles, mesuraient la gravité de cette accoutumance, et pour tenter de la désamorcer, elles m'ont plusieurs fois injecté de l'eau à la place de cette drogue.

Je m'en rendais compte aussitôt, car les muscles de l'anus se contractaient d'une façon spéciale, caractéristique de l'état de manque. Je n'ai jamais rien dit, je n'ai jamais signalé que je n'étais pas dupe du stratagème. Mais je guettais l'effet de chaque piqûre. J'en faisais même, parfois, une sorte de jeu.

Cependant, j'ai connu le véritable état de manque – et cela, ce n'est pas un jeu. Je devenais violent, j'arrachais mes perfusions, je cassais tout ce que j'avais sous la main. Pour me calmer, les médecins cédaient. Ils ont été formidables. Une véritable équipe de choc qui a fait tout ce qui était en son pouvoir pour me rafistoler.

Ensuite, on m'a envoyé quelque temps à Mustapha, le grand hôpital d'Alger, au service orthopédique. La balle qui avait traversé mon fémur ayant fait des ravages, je

devais subir une opération assez délicate.
Hélas, le chirurgien n'a pas tenu compte de
la longueur normale de ma jambe, il a res-
soudé os contre os le fémur, sans prendre
en compte que j'avais perdu une partie de
ma substance osseuse arrachée par la balle.
A-t-il fait une erreur de diagnostic ou a-t-il
sous-estimé l'importance de cette perte ?
Toujours est-il que cette erreur, je la paie
aujourd'hui : j'ai une jambe plus courte de
cinq centimètres qui m'invalide terriblement. Désormais, je boite, et c'est très
traumatisant.

Durant le mois que j'ai passé à Mustapha,
j'ai reçu la visite d'Isabelle Adjani. Son geste
m'a fait plaisir, tout comme la sympathie
des gens de mon village venus si nombreux
me voir. Je n'attendais pas la « star », j'avais
besoin de réconfort et de soutien. Je lui
avais demandé de m'aider, de me mettre en
contact avec des médias français. Elle
s'y était engagée, de même d'ailleurs
qu'Amnesty International. Cette aide n'est
jamais parvenue jusqu'à moi. Un photo-
graphe de *Paris Match* l'accompagnait et je

me souviens encore de la légende de la photo qui parut peu après – par parenthèse, mon nom y était mal orthographié – et qui présentait « le chanteur kabyle matraqué par la police ». J'étais fou de rage : j'avais reçu cinq balles de Kalachnikov dans le corps et on parlait de matraquage ! Du coup, j'ai eu le sentiment d'avoir été un peu utilisé. Si certains trouvaient leur intérêt à se faire photographier, en pleines émeutes d'Alger, au-dessus du lit d'une des victimes, ce n'était pas du tout ce que j'attendais. Intérieurement, j'étais très seul, j'avais réellement besoin d'aide. Isabelle Adjani est venue, un responsable de Médecins du Monde est venu, un représentant de la Fédération internationale des droits de l'homme est venu. Au bout du compte, personne n'a rien fait. Si je n'avais pas eu mes proches, mes amis sûrs, je ne sais pas ce que je serais devenu pendant toute cette période de calvaire.

Après plusieurs semaines de soins intensifs, les médecins se sont rendu compte que les résultats étaient insuffisants et qu'il me fallait des soins encore plus pointus. L'éventualité de mon évacuation vers la France avait déjà été envisagée, mais les autorités algériennes s'y opposaient. Je crois que leur refus était motivé, en réalité, par la crainte que je me mette à parler, particulièrement aux médias. Le pouvoir a donc fait traîner aussi longtemps que possible l'autorisation de mon évacuation. Mes amis médecins ou responsables politiques kabyles ont tenté tout ce qui était en leur pouvoir pour obtenir mon départ, faisant agir tous les moyens de pression possibles.

J'étais, quant à moi, totalement sous dépendance morphinique. Je savais qu'à Alger je pouvais avoir ce que je voulais et qu'il en irait sans doute autrement en France. Mon accoutumance était telle que j'étais prêt à renoncer à mon évacuation, alors que j'avais conscience qu'elle devenait nécessaire, mais je n'arrivais pas à me raisonner. Le Dolosal à volonté me libérait enfin de l'intolérable souffrance. Dans les moments d'euphorie, je me voyais même guéri ou en bonne voie de l'être. Puis, dans les moments de lucidité, je me rendais compte que les choses allaient au contraire de plus en plus mal. Les infections à répétition, qu'il fallait absolument nettoyer, nécessitaient trois, quelquefois quatre anesthésies générales par semaine. De plus, les plaies étaient si profondes que les changements de pansement se faisaient au bloc opératoire où il fallait m'endormir chaque fois. Je m'enfonçais toujours un peu plus et je croyais ne plus jamais en sortir. Trois balles avaient atteint la jambe, une le sacrum, la dernière la main. J'avais deux fixateurs externes, un sur la jambe, un autre pour immobiliser la hanche. Pour lutter contre les escarres, on m'avait installé sur un matelas d'eau. Dans ces conditions, comment envisager une évacuation? Mon état empirait de jour en jour. Après le mois passé à l'hôpital Mustapha, j'avais été ramené à la clinique des Orangers. Nouvelle infection, une fois encore par manque d'hygiène. Cette fois, il s'agissait du staphylocoque « doré », paraît-il, un microbe qui, une fois installé, fait des ravages. À chaque nouveau pansement, il fallait racler l'os. Je me revois encore criant de douleur dans ma chambre. Personne ne pouvait rester avec moi telle-

ment mes hurlements étaient insupportables. Les infirmières me disaient que l'on
m'entendait sur trois étages d'hôpital. Cette
situation ne pouvait évidemment plus durer.
Du 9 octobre 1988 – date de l'agression – au
29 mars 1989 – date de mon évacuation en
France –, j'ai vécu six mois d'enfer au quotidien. Pendant six mois, je n'ai pas pu faire
un mouvement, cloué au lit par un système
complexe d'appareillage.

C'est très long, six mois. Il m'est passé des
tas d'idées dans la tête pendant tout ce
temps, de la déprime passagère à l'angoisse
noire. Je me disais que jamais plus je ne
remarcherais, que jamais plus les choses ne
seraient comme avant. Je me voyais diminué
physiquement et sans aucune chance d'être
de nouveau «normal». C'est terrible de se
voir mutilé et de savoir que c'est pour la vie.
On doit refaire connaissance avec son corps,
l'image de soi n'est plus la même. Au début,
c'est d'autant plus difficile que le regard, les
paroles involontairement maladroites des
autres vous renvoient à cette différence. Il y a
des réalités très dures à admettre quand vous
êtes dans une situation de fragilité extrême.

Je comprends qu'on puisse vouloir en finir. J'avoue y avoir moi-même pensé plus d'une fois.

Si j'ai quand même tenu le coup, c'est que deux forces m'ont soutenu. Leurs noms : soutien, solidarité. À Tizi Ouzou, des centaines de personnes étaient venues me voir. À Alger, aux Orangers et à Mustapha, il y en a eu des milliers, chaque jour apportant de nouvelles marques d'affection, de sympathie. Je me rappelle par exemple ce garçon, dont le père avait une vache qu'il voulait vendre pour avoir un peu d'argent. Le jeune garçon, qui m'apportait chaque matin une bouteille de lait frais, s'y est opposé : tant que je n'étais pas guéri, il était hors de question de vendre la vache. Il a eu gain de cause.

Je pense aussi à cette jeune femme, très malade – un cancer, je crois. Elle est morte quelques semaines après mon retour aux Orangers. Elle s'appelait Taous, elle adorait la musique. Elle venait souvent me voir dans ma chambre, nous parlions longuement de tout, de musique, de chanson, de littérature, de la vie. J'avais un petit magnétophone que je lui prêtais souvent et sur lequel elle écoutait mes cassettes. Lorsque j'ai pu enfin remarcher un peu, c'est moi qui allais la voir. J'ai fait connaissance de ses deux enfants. Son mari m'avait confié qu'il souhaitait l'emmener en France. C'était son rêve, elle en parlait beaucoup. C'est le dernier cadeau qu'il lui a fait. Taous, je l'aimais beaucoup, un peu comme une sœur. Pendant de longues semaines, nous avons partagé les mêmes souffrances.

Mohamed, lui, avait vingt ans. Il était d'une maigreur effrayante avec ce visage si particulier qu'ont les gens vieillis prématurément, qui n'ont plus rien à espérer de la vie. Cancéreux lui aussi. Connaissait-il la gravité de son état ? Je n'en sais rien. Il s'en doutait certainement, mais la maladie était un sujet que nous évitions d'aborder parce qu'elle faisait trop partie de nous-même. Notre échappatoire, c'étaient nos longues conversations. Un matin, il est parti au bloc opératoire. Les médecins ont ouvert et refermé aussitôt : il n'y avait plus rien à faire. On se voyait très souvent, moi occupant la chambre 77, lui, celle d'en face.

128

Rebelle

Souvent, je lui prêtais des livres dont nous discutions ensuite. Il avait une soif de lecture incroyable, comme si, en quelques semaines, il voulait rattraper le temps perdu et apprendre tout ce qu'il ne savait pas. Sa mère passait régulièrement me voir. Elle posait ses mains sur mon ventre et récitait des versets du Coran. Elle priait beaucoup, pour son fils mais aussi pour moi. Nous, les malades du troisième étage, savions que le personnel médical avait baptisé ce secteur « couloir de la mort ». Ceux qui l'occupaient étaient des malades incurables, généralement condamnés. Cette mère, pathétique, rêvait qu'à sa mort son fils irait rejoindre directement le Créateur. Mohamed est sorti des Orangers un jeudi. Il est mort le dimanche. Quelques jours plus tard, sa mère est revenue me voir. Pour elle, j'étais le dernier lien qui la rattachait encore à son fils. Elle pleurait beaucoup, j'avais énormément de peine pour elle.

Quand on a frôlé la mort de si près et que l'on a noué des relations avec des malades condamnés, on éprouve le sentiment d'une espèce de dette qui vous oblige à respecter

la vie. La souffrance, c'est vrai, aide à appré-
cier le bonheur. On devient tout d'un coup
moins exigeant, moins prétentieux, on
apprend à se satisfaire de peu et à accepter
son sort. Taous, Mohamed et les autres n'ont
pas longtemps vécu avec moi. Mais d'une
certaine façon, je reste en contact avec eux
dans l'au-delà. C'est une sensation très
étrange, peut-être effrayante pour certains,
mais qui apporte une force supplémentaire
pour supporter les épreuves.

Heureusement, j'ai connu aussi quelques
moments agréables. Un jour, un groupe de
jeunes femmes, étudiantes, vint me rendre
visite. Jolies, fraîches, elles avaient peut-
être mis leurs plus belles robes pour l'occasion. D'abord, elles m'ont toutes embrassé,
puis l'une d'elles a entamé une de mes
chansons, d'une voix pure, au timbre
magnifique. Les autres ont repris en chœur
le refrain. C'était superbe, tellement beau
que j'ai éclaté en sanglots. L'émotion était
trop forte. Cette chanson – *Arwah, Arwah*
(« Viens, viens ! ») – parle de la séparation,
de l'éloignement et de la peine qu'on ressent

lorsque l'être aimé n'est pas là. Un peu comme *Ne me quitte pas*, de Jacques Brel. L'entendre chanter par ces jeunes femmes était à la fois doux et douloureux. L'espace d'un moment, j'ai été transporté dans un monde différent, beau et tendre à la fois, au point que j'ai même réussi à oublier l'atmosphère pénible de l'hôpital. Un rayon de soleil était venu jusque dans ma chambre. J'en avais vraiment besoin.

Certaines femmes, parfois âgées, ont fait des centaines de kilomètres dans des conditions souvent difficiles, car les transports chez nous sont médiocres, rien que pour venir m'apporter des gâteaux, du pain, autant de choses dont elles avaient sans doute plus besoin que moi. Elles et tous mes visiteurs m'encourageaient à tenir le coup, m'assuraient qu'ils avaient besoin de moi, de mes chansons ; que mon combat était important et qu'il fallait que je sois vite sur mes deux jambes pour le reprendre, continuer à chanter. J'ai eu souvent les larmes aux yeux devant des témoignages si merveilleux : jamais je ne me serais attendu à pareilles preuves d'affection. Au fond de moi-même je m'interrogeais : en partant pour la France, j'avais l'impression de les trahir. En avais-je le droit ?

Pourtant j'ai fini par me laisser convaincre, poussé par l'urgence. Une fois de plus le pouvoir n'a cédé que sous d'énormes pressions politiques. Pour accélérer la procédure, j'avais entamé une grève de la faim. Sitôt informés, des centaines d'étudiants sont venus me soutenir devant l'hôpital. Pas de slogan, pas de cri, juste un sit-in avec quelques banderoles exigeant mon évacuation. Les autorités ont enfin donné leur feu vert. Je me souviens que je suis descendu, avec mes béquilles car je tenais à peine debout, dans la cour de l'hôpital. Bouleversé, j'ai dit aux manifestants : « Vous avez réussi, nous avons réussi, je pars demain pour la France. » J'entends encore le cri de joie qu'ils ont poussé et les applaudissements qui ont suivi. Le lendemain, ils étaient de nouveau là pour vérifier que je partais bien, que le pouvoir n'avait pas fait marche arrière au dernier moment. Plusieurs étudiants m'ont escorté jusqu'à l'aéroport.

Je quittais mon pays où j'avais failli mourir. J'aurais dû être soulagé. Au contraire, une grande appréhension, une sorte d'angoisse, m'avait envahi. Cette profonde relation qui me lie à l'Algérie, je la connaissais déjà, mais c'est dans la douleur que j'en ai eu confirmation : mon pays représente tout pour moi.

Arrivé en France j'ai aussitôt été transporté à l'hôpital Beaujon, accompagné d'un cousin cardiologue. Je m'attendais au pire, et le pire est arrivé : tant que mon cousin me faisait régulièrement des injections de Dolosal, dont il avait emporté un lot d'ampoules, je restais calme. Mais le stock fourni à Alger s'est rapidement épuisé. À Paris, les choses n'étaient pas aussi simples, il ne suffisait pas d'en demander pour en avoir. Il a fallu mettre en place un processus de sevrage qui, dans les conditions de dépendance où j'étais, s'est révélé épouvantable. Je criais, j'insultais tout le monde, les infirmières, les aides-soignants. Je n'avais qu'une idée : rentrer à Alger. On m'a isolé dans une chambre capitonnée d'où personne ne m'entendait plus crier. Entre ces quatre murs nus et sourds, je n'avais plus aucune ressource. Parfois, au matin, une infirmière passait me donner quelques comprimés pour dormir, ou injectait un produit calmant dans ma perfusion. Il a fallu des jours et des jours, un temps interminable, pour me sortir d'affaire.

En même temps, il s'agissait de soigner mes infections, ma jambe. L'équipe médicale a fait un travail réellement formidable. Je suis arrivé le 29 mars à Beaujon : six semaines plus tard, je chantais dans le stade de Tizi Ouzou devant des milliers de gens. Je revivais. Même si je savais que j'aurais à retourner plusieurs fois à Beaujon – j'avais encore des fixateurs parce que je devais subir une greffe osseuse –, j'avais retrouvé les miens et c'était l'essentiel.

Ce concert m'a apporté une sorte de répit, une impression de délivrance. Ce jour-là, j'ai compris ce que veulent dire les médecins quand ils insistent sur l'importance du moral dans la guérison. Ce jour-là, j'ai su que les cinq balles de Michelet étaient définitivement vaincues. Elles n'étaient que cinq tandis que des milliers de cœurs battaient en face de moi. Nous avions gagné.

J'ai utilisé les six semaines qu'a duré mon premier séjour à Beaujon pour composer. Malgré le bonheur que me procure la musique, je ne pouvais pas m'empêcher de penser que le 20 avril, jour anniversaire du Printemps berbère, je ne serais pas chez moi. C'est la seule et unique fois que j'ai manqué ce rendez-vous essentiel et j'ai très mal supporté cette absence. Cette journée est si fondamentale pour moi que, chaque fois que j'ai dû me rendre à l'étranger, j'ai fait en sorte d'être à Tizi Ouzou le 20 avril. Cette fois, j'étais au lit, immobilisé à la suite de ma première intervention, très importante.

Lorsque l'anesthésie a cessé d'agir, la journée a tourné au cauchemar. J'imaginais la scène là-bas, le défilé, les milliers de personnes dans les rues, les interventions et les discours. Quels mots, quelles phrases allaient-ils être prononcés ? Mon âme était là-bas avec mes compagnons et amis. Piètre

consolation. Je souffrais beaucoup et soudain, au milieu de mon chagrin, des paroles
de chanson sont venues en moi, qui parlaient de l'absence – «les montagnes sont
mon âme, ces montagnes dévalées par des
milliers de personnes. Toi, tu es absent» –,
en fait, je me décrivais au milieu de la foule.
Il s'est produit alors un phénomène étrange :
une véritable fusion entre moi, mon lit, ma
chambre d'hôpital et eux, là-bas, à des milliers de kilomètres, tous ceux que j'aime,
tous ceux pour lesquels je me bats.

«L'ironie du sort» est le titre choisi pour
présenter ces chansons composées à l'hôpital. Une fois encore, la douleur a présidé à la
création.

L'épreuve qu'ont représentée l'agression et
ses conséquences aurait pu m'anéantir.
Paradoxalement, elle m'a renforcé. Elle m'a
permis d'être mieux perçu par les miens et,
en retour, j'ai pu pendant ces longs mois de
souffrance apprendre à mieux communiquer avec eux, à mieux les comprendre. Je
découvrais qu'en m'accompagnant dans la
douleur, en me demandant, «en exigeant»

de moi ma guérison, ils participaient à la survie de leur porte-parole. Par une terrible ironie, une tentative d'assassinat a provoqué le plus profond changement de mon existence. Il fallait que je m'en sorte. Mes chansons y ont contribué largement, elles qui parlent de ma souffrance, des circonstances dans lesquelles j'ai été blessé, qui évoquent aussi toute ma détresse affective, ma maladie, ma peine à survivre. Je les ai enregistrées en m'esquivant de l'hôpital aux heures de visites, entre midi et vingt heures. Je me déplaçais avec mes béquilles, toujours affligé d'un fixateur externe sur la jambe et d'une colostomie.

Ma femme, qui, jusque-là, avait tenu le coup, a fini par craquer. Tout ces événements étaient trop lourds à porter. Je pense maintenant, avec le recul, que je lui ai trop demandé sans pouvoir rien lui donner en échange. J'en étais bien incapable à ce moment-là. Elle a tenu jusqu'aux limites du possible avant d'abdiquer. Le divorce qui s'annonçait fatalement n'arrangeait pas les choses.

Mon ex-épouse était très jeune lorsque

nous nous sommes mariés, et orpheline. Son père, un grand berbériste des années soixante – au temps de l'Académie berbère, rue d'Uzès à Paris – avait été recherché, traqué pendant plusieurs années par la Sécurité militaire de Boumediene. Da Chabane (c'était son prénom) est mort en 1979 dans un accident de la route. Moi, je suis sûr qu'il a été assassiné. Son fils unique, qui était à ses côtés, fut grièvement blessé. Évidemment rien n'a jamais pu être prouvé.

Écrites dans la douleur, les paroles de mes chansons témoignaient de ce que j'avais eu à endurer : leur succès a été total et immédiat. Tout ce que j'y décris est la réalité d'un enfer quotidien, de ces moments où j'ai failli glisser dans le vide, m'abandonner, toute énergie disparue. J'étais vidé, plus rien ne comptait. Ce qui m'a « raccroché » à la vie dans les pires moments de déprime, c'est l'estime du public, sa sympathie qui m'a suivi partout.

Plusieurs fois, je me suis surpris à parler à mon mandole comme à un être humain. C'était comme un besoin irrépressible. Il y avait dans ma chambre un fauteuil spécialement équipé où je m'installais pour passer des heures et des heures à jouer et à composer. Les infirmières, dès qu'elles avaient un peu de temps, se réunissaient autour de moi et restaient là, à écouter. Elles ne comprenaient pas ce que je chantais en kabyle, mais elles me soutenaient et me traitaient comme une sorte de phénomène. Je garde un souvenir très tendre de l'ensemble du personnel. Une des infirmières, qui se prénommait Soizic, m'est particulièrement chère. Jamais je ne l'oublierai. Quand je ne parvenais pas à dormir, elle me racontait des histoires et, pour me relaxer, elle me caressait le front. Merci, Soizic, pour ces gestes-là.

Bien que je n'aie pas dû être un malade facile, on m'a toujours aidé au maximum – non sans parfois quelques grincements de dents : Paris n'est pas Alger. À Beaujon, on ne plaisantait pas avec les heures de visites, de sorte que, lorsque j'étais trop fatigué, les médecins interdisaient purement et simplement ma chambre. Il s'agissait d'expliquer à tous ceux qui venaient me voir – et ils étaient nombreux – que je me reposais. Le défilé incessants des visiteurs à l'hôpital ne facilitait pas le travail d'une équipe soignante qui n'avait jamais vu cela.

Pendant cette année ponctuée de multiples allers et retours à Beaujon, le plus dur pour moi, ce ne fut ni les béquilles, ni les fixateurs sur ma jambe, ni même la perspective d'une invalidité permanente ; ce fut la colostomie, due à l'anus artificiel qu'on m'avait posé pendant dix-huit mois, et qui m'a contraint à porter une poche externe sur le côté gauche. Une colostomie, c'est un véritable enfer. Impossible de vivre de manière normale. Au moindre déséquilibre alimentaire, c'est la catastrophe. La poche éclate et les selles se déversent partout. Toute vie sociale est interdite, car comment expliquer qu'à tout moment vous pouvez vous retrouver dans une telle situation ? Qui peut comprendre ? Qui peut supporter ? Il est déjà difficile de se supporter soi-même alors comment demander un tel exploit, même à des êtres chers ? Je ne souhaite pas à mon pire ennemi de vivre pareille expérience. Pendant dix-huit mois, il m'a fallu ravaler toute pudeur ; pendant dix-huit mois j'ai été condamné à la solitude. Pourtant, pendant ces dix-huit mois, j'ai sillonné la Kabylie en tous sens et je me suis produit partout, notamment à Bejaia (ex-Bougie) la capitale des Hammadites. Dans la cité kabyle la plus célèbre historiquement, la jeunesse s'est mobilisée pour le combat identitaire avec une vigueur jamais égalée. Des cadres de valeur sont en train d'apparaître : l'histoire de Bejaia est désormais entre de bonnes mains, j'en suis sûr, puisque le Mouvement culturel berbère occupe désormais l'espace citadin et rural. La chanson, cette fois encore, m'a tenu en vie, m'a aidé à supporter les humiliations dues à mon état.

Ma cassette terminée et enregistrée à Paris, j'ai décidé de rentrer chez moi où je voulais faire un gala. Une semaine après ma sortie de l'hôpital, j'étais à Tizi Ouzou incognito : je ne voulais personne à l'aéroport. Si mon arrivée avait été annoncée, des centaines de personnes se seraient présentées à ma descente d'avion. J'ai simplement prévenu un ami qui est venu me chercher en 2 CV et nous avons fait le trajet Alger-Tizi discrètement. Il était tard. Nous nous sommes arrêtés dans un restaurant pour dîner et là on m'a reconnu. La nouvelle s'est répandue comme une traînée de poudre. Deux jours plus tard je faisais un gala dans le stade Oukil Ramdane de Tizi devant des milliers de personnes. Le stade était noir de monde, bondé. Pendant plusieurs minutes la foule a scandé mon nom – « Matoub… Matoub… est revenu » – d'une seule et même voix qui emplissait le stade. Impression indescriptible. Je n'y croyais pas. Après ce qui m'était arrivé, tant de gens étaient persuadés que je ne reviendrais jamais à la chanson. On m'avait laissé pour mort, ma seule réponse, la seule façon que j'avais de prouver que Matoub était toujours vivant fut de donner ce concert, grâce auquel j'ai eu l'impression de revivre. J'avais besoin de force pour continuer à me battre sur le plan physique. J'avais besoin de courage pour continuer à affronter le quotidien. Ce concert m'a apporté les deux, il m'a définitivement donné le coup de fouet dont j'avais absolument besoin pour chanter, mais aussi pour me battre sur le plan politique. Mes détracteurs ont compris là qu'ils m'avaient enterré un peu trop vite.

Si cinq balles n'avaient pu avoir raison de moi, ni de mon corps ni de mon esprit, deux béquilles ne m'empêcheraient certainement pas d'aller de l'avant. Et mon combat restait ma priorité.

À partir de ce moment-là, chaque opération que j'avais encore à subir, je l'ai vécue comme un espoir. En dix-huit mois, j'ai été opéré quatorze fois. Après les béquilles, je suis passé à la canne. C'était un progrès énorme qui signifiait plus d'autonomie, plus de liberté. Je commençais à voir la sortie du tunnel. Je me forçais à marcher, malgré les difficultés, parce que j'avais envie de rattraper le temps perdu. Après tant de ces jours passés à l'hôpital, j'avais faim de tout. Je revivais.

Mon autre préoccupation – fondamentale aussi – était d'amener les autorités à reconnaître le crime commis. Dès 1988, ma sœur Malika avait entamé des démarches administratives. Je prétendais obtenir une indemnisation de l'État pour invalidité, ce qui impliquait l'ouverture de dossiers. Naturellement, on me réclamait sans cesse de nouveaux documents. Or aucun papier officiel ne signalait mes blessures, aucun procès-verbal n'existait, la gendarmerie de Michelet n'ayant jamais reconnu qu'elle avait tiré sur moi.

En 1990, la mairie de Michelet m'a invité à me produire dans cette ville. À cette occasion, une plaque commémorant la date et le lieu où j'avais été blessé devait être dévoilée. Cette plaque était en quelque sorte une revanche que je prenais sur le pouvoir et ses sbires – les gendarmes – qui n'avaient pas hésité à me prendre pour cible. Le concert fut une réussite, réunissant plus de quatre-vingt mille personnes. «Honneur, fierté» : le maire de Michelet n'était pas avare de superlatifs à mon égard. La plaque fut inaugurée. On y avait gravé ces mots : «À cet endroit Matoub Lounès, le chanteur engagé de la cause berbère, a été gravement blessé.» Cette plaque n'a été vu par le public et par moi-même qu'une seule fois : quelques heures après avoir été posée, elle avait disparu, enlevée volontairement ou volée, je ne l'ai jamais su. J'ignore ce qu'elle est devenue.

Quoi qu'il en soit, j'ai profité ce jour-là du soutien de la population pour obtenir ce qui m'était dû. Après le concert je me suis adressé à la foule : « J'ai quelque chose d'important à vous demander, ai-je dit. – Tout ce que tu veux », m'ont répondu les spectateurs unanimes. Je leur ai décrit les problèmes administratifs que j'avais avec la gendarmerie de Michelet. La foule s'est dressée : « On y va ! » Et, en effet, nous y sommes allés. Nous étions plusieurs centaines devant la gendarmerie où nous avons fait un sit-in. Pris de panique devant une situation qui menaçait de les dépasser complètement, les gendarmes ont réclamé du renfort. Pendant ce temps-là, je suis entré à l'intérieur du poste et j'ai exigé le procès-verbal rendant compte de mes blessures. Dehors, la foule criait. Je me suis rendu compte du risque que nous courions tous : à la moindre provocation, si un coup de feu malencontreux éclatait, ou sous n'importe quel prétexte, c'était le massacre. Les gendarmes n'auraient pas hésité à tirer dans la foule, j'en savais quelque chose. Le commandant responsable du poste de Michelet m'ayant certifié que le procès-verbal me serait envoyé dès le lendemain et bien que je sois sûr qu'il bluffait, je ne voulus pas faire durer le face à face plus longtemps. Je suis sorti, j'ai expliqué que j'avais obtenu des garanties et chacun est rentré chez soi. Il n'y a pas eu de provocation mais je n'ai, évidemment, jamais reçu mon procès-verbal.

Peu après, j'ai décidé de porter l'affaire à un niveau supérieur. L'État a proposé de m'indemniser par le biais de la caisse de sécurité sociale, la CNASAT algérienne. J'ai demandé à ce qu'un budget spécial soit débloqué non seulement pour moi, mais pour toutes les victimes et les familles de victimes, d'octobre 1988. Ce n'était pas à la Sécurité sociale à prendre en charge les horreurs dont s'était rendu coupable Chadli Bendjedid et son gouvernement. À l'heure où j'écris, cette demande est toujours lettre morte. Personne n'a été indemnisé. Pourtant je ne désespère pas. Je continuerai à me battre et à réclamer notre dû. Pour moi, en tant que porte-parole de toutes les victimes anonymes d'un pouvoir qui n'a pas hésité à tirer sur la foule, il s'agit d'un problème de conscience. En me proposant un semblant d'indemnisation, on devait penser que je me calmerais. C'était mal me connaître. Je réclame et je continuerai à réclamer pour toutes les victimes de 1988. On ne peut pas effacer d'un trait cette période, les émeutes et la répression qui a suivi. Un pouvoir fasciste a tiré sur la foule. Si aujourd'hui nous devons affronter à la violence intégriste, c'est parce que le FIS a parfaitement su exploiter le désarroi qui s'est emparé d'une partie de la population après ces émeutes. Les intégristes se sont engouffrés dans la brèche ouverte par la vague de violence d'octobre. Ils ont su proposer aux familles des victimes l'aide morale ou financière dont elles avaient besoin. C'est à ce moment-là qu'ils ont recruté dans les quartiers les plus défavorisés et quasiment abandonnés par le pouvoir. Ce que nous récoltons aujourd'hui a été, en large part, semé en 1988. C'est une raison supplémentaire pour que je ne recule pas.

De son côté, sur le front politique, le Mouvement culturel berbère, véritable relais, prenait depuis 1980 chaque jour plus d'importance, et le Printemps berbère de même. Avec la montée en puissance des intégristes, notre revendication identitaire se trouvait propulsée sur le devant de la scène kabyle.

Depuis l'Indépendance, l'Algérie s'était tracé un programme de développement sur tous les plans : Boumediene avait annoncé qu'une révolution culturelle suivrait les révolutions agraire et industrielle, lesquelles se sont d'ailleurs soldées par des échecs cuisants. Parallèlement, toute forme de pensée autonome rencontrait l'indifférence, sinon le rejet. Autrement dit : il fallait s'attendre à l'éradication de la dimension berbère dans notre pays.

Au lendemain de l'Indépendance, nos droits les plus élémentaires et les richesses de notre patrimoine culturel avaient été sciemment ignorés, sinon bafoués, prétendument pour sauvegarder l'unité nationale, bâtie sur l'idéologie arabo-islamique. La question berbère a toujours été mal comprise en Algérie. Ainsi, juste après la guerre, le président Ben Bella répétait-il volontiers : « Nous sommes des Arabes, nous sommes des Arabes ! », coupant court de la sorte à toute autre définition de l'identité algérienne. On décréta le parti unique, la religion unique, l'arabe classique langue unique, alors qu'elle n'est la langue maternelle d'aucun Algérien. Un étau meurtrier étouffe un peuple déjà meurtri, écartelé entre ces deux familles que l'écrivain Tahar Djaout qualifiera plus tard de « famille qui avance et famille qui recule ». Le discours officiel est invariable. On refuse de reconnaître la diversité du peuple, pour, paraît-il, éviter la division. Par voie de conséquence, la langue berbère n'a aucune place dans l'ensemble des institutions algériennes et tous les textes officiels émanant de l'État ont systématiquement évité de mentionner le terme même de berbère.

J'avais choisi mon camp. Tahar Djaout a dit à cet égard des choses remarquables, qui me reviennent en mémoire : « Le silence c'est la mort et toi, si tu parles, tu meurs. Si tu te tais, tu meurs. Alors parle et meurs. » Je veux parler et je ne veux pas mourir.

À la pointe d'un combat que j'avais toujours

revendiqué et assumé, je me suis automatiquement trouvé amené à jouer un rôle important au sein du MCB. Cette reconnaissance, acquise bien avant 1988, les balles d'octobre l'ont renforcée. À partir de ce moment, j'ai joué un rôle plus actif au sein du MCB, à commencer par le 25 janvier 1990. Ce jour-là avait lieu dans la capitale l'une des plus importantes marches que le pays avait eu à connaître depuis longtemps. Plus de cinq cent mille personnes ont défilé dans les rues d'Alger pour réclamer « Tamazight, langue nationale et officielle ». Cette marche a eu un impact énorme, elle reste dans toutes les mémoires comme l'une des plus grandes manifestations. À cette occasion, donc, je fus choisi pour remettre au président de l'Assemblée populaire nationale (APN) le rapport de synthèse du deuxième séminaire du MCB. J'étais accompagné d'une délégation qui me suivit dans la salle de réunion. En jetant le rapport sur la table, je dis au président : « Lisez-le, si vous avez le temps. » Il n'en croyait pas ses yeux. Jamais personne n'avait osé se comporter de la sorte. Hélas, le pouvoir n'a pas cédé. Quant

à la délégation présente avec moi, la quasi-
totalité de ses membres appartenait au
Front des forces socialistes (FFS) de
Aït Ahmed, car il faut dire que le MCB a
été utilisé parfois uniquement à des fins
politiques.

Après cette marche du 25 janvier 1990,
sur l'insistance de mes amis, je suis reparti
pour Paris, à l'hôpital Beaujon, où je devais
séjourner pour le rétablissement de la conti-
nuité digestive – c'est-à-dire la fermeture de
l'anus artificiel – et pour le retrait du fixateur externe que je portais sur la jambe
droite. À la mi-avril, les médecins m'avaient
remis sur pied. Plus de poche, plus de fixateur. J'étais rétabli physiquement, mais une
fois de plus très déprimé, de plus en plus
nerveux. Certaines personnes me harce-
laient pour utiliser ma notoriété au bénéfice
de leur propre chapelle. Je ne m'en aperce-
vais pas à l'époque, car ce qui comptait,
c'était de se dresser contre toute forme
d'oppression menaçant notre identité. La
célébration du 20 avril 1990 écarta la catastrophe, même si la fête prévue a failli se
transformer en champ de bataille : plus de

deux cent mille personnes étaient présentes, certaines venues du Maroc, d'autres de Libye et d'ailleurs. J'étais encore très malade. Je ne connaissais pas les querelles souterraines qui opposèrent les uns aux autres. Mon intervention sur scène fut interprétée par une partie du public comme une prise de position partisane. Dans l'assistance, le mécontentement a failli dégénérer en affrontement général. Le pire a été évité de justesse. L'Histoire jugera.

Conséquence de cette année de confusions et de convulsions : de grandes dissensions se firent jour au sein du Mouvement culturel berbère.

Deux courants se dessinèrent : les « commissions nationales » liées au FFS, et la « coordination nationale » liée au Rassemblement pour la culture et la démocratie, le RCD. Entre les deux courants, je gardais une certaine neutralité, estimant important de ne pas livrer aux conflits partisans une revendication consensuelle. Le MCB, en tant que mouvement, était indispensable. Il l'est toujours, et même il l'est de plus en plus, car il représente ce qu'il y a de plus important pour nous Kabyles : notre identité. Depuis 1980 et le Printemps berbère, il constitue le fer de lance de notre combat. Aujourd'hui, la situation dans notre pays a transformé le MCB en mouvement de résistance, toujours en première ligne.

Des milliers d'entre nous, nés avec la création du Mouvement, en font aujourd'hui leur raison de vivre. Le MCB a toujours combattu sur le terrain – combat qui continue aujourd'hui quand on voit que même la Kabylie est sérieusement menacée par l'intégrisme. Je crois que le MCB et moi, par-delà les clivages politiques, ne faisons qu'un. Maintenant le rapport de force s'est d'ailleurs sensiblement modifié. Et cela, la population kabyle en a bien conscience et peut le vérifier quotidiennement. Si, aujourd'hui, la Kabylie résiste contre vents et marées, elle représente même le seul bastion de la résistance en Algérie, c'est beaucoup grâce au Mouvement culturel berbère.

Lorsqu'en 1991, de la Kabylie, nous avons assisté impuissants au raz de marée du Front islamique du salut, nous avons sonné l'alarme. Nous nous sommes mobilisés pour contrer l'avancée du FIS. La Kabylie, bastion démocrate, a fait de son mieux. Pour ma part, j'ai chanté, j'ai dénoncé. À cette occasion, j'ai compris aussi que parler aux couches populaires arabophones de laïcité était pour elles synonyme d'athéisme. Des décennies d'empire du parti unique ont produit ce résultat : une incompréhension entre les populations arabophones et les Kabyles. Comment dans ces conditions parvenir à la moindre entente ? Mon enlèvement l'a bien prouvé. Ce qui faisait le plus peur à mes ravisseurs, c'était évidemment le MCB, dont ils voulaient à tout prix savoir comment contrecarrer les initiatives. Ils multipliaient les questions : le MCB était-il armé, quelle force représentait-il au sein de la population kabyle, pourquoi ses directives étaient-elles aussi largement suivies… ? Si je suis vivant, c'est également grâce au MCB et à la puissante mobilisation que le mouvement a pu obtenir. La pression et les menaces que le Mouvement a exercées sur les intégristes et leurs soutiens locaux ont été décisives.

J'étais plutôt resté à l'écart de la politique,

mais les élections législatives de 1991 approchaient et, en découvrant ses thèmes de campagne, je partageais de plus en plus les convictions politiques du docteur Saïd Sadi, fondateur du Mouvement culturel berbère. Je pense qu'il est aujourd'hui l'homme le plus courageux et le plus honnête en Algérie. Alors que tant d'autres ont déserté le terrain politique, ont choisi de vivre en dehors de nos frontières, lui continue à se battre jour après jour. Il refuse d'abdiquer et de laisser vacant un espace dans lequel les intégristes ne demandent qu'à s'engouffrer. C'est un véritable démocrate.

Ma rencontre avec Saïd Sadi a eu lieu en 1991. Ayant appris que sa mère était morte d'une mort violente, je suis allé lui présenter mes condoléances. Il m'a reçu dans son bureau. J'étais désemparé : je m'attendais à rencontrer un homme dur, j'ai vu quelqu'un qui a pris le temps de m'écouter, de parler de mes souffrances et de ce que j'avais enduré ces derniers mois – cela malgré sa peine, malgré son désarroi.

Je l'ai revu souvent. Quand il passait près de chez moi, il n'hésitait pas à venir à la

Rebelle

maison même si j'étais absent. Il adorait ma
mère et ma mère l'adorait. Ils parlaient
ensemble, en kabyle, des heures durant.

Les élections législatives approchaient.
Un jour, Saïd Sadi arrive à midi à la maison,
à la grande joie de tous. Je me souviens qu'il
était vêtu d'un burnous d'une blancheur
immaculée. Son directeur de campagne
l'accompagnait ; je les invite tous deux à
déjeuner. Au cours du repas, il m'a tenu des
propos que je ne suis pas près d'oublier :
« Lounès, je t'en supplie, ne te mêle pas de
ces élections. Toi et les autres personnalités
culturelles, vous êtes nos valeurs stables. Ne
mettons pas le feu à nos propres vaisseaux
au milieu de l'océan. Songeons au repli.
Lounès, je t'en conjure, reste en dehors de
cette lutte fratricide. »

La campagne battait son plein. Le soir
même, le principal responsable FFS de la
région débarquait chez moi pour me harceler de questions sous mon propre toit.
« Qu'est-ce qu'il est venu faire ici ? Qu'est-ce
qu'il te veut ? Si tu l'appuies dans sa campagne électorale, le jeu ne sera pas équi-
table. » J'étais hébété par un discours que

156

je jugeais absurde. Dès ce moment, j'ai commencé à prendre mes distances d'avec les
formations politiques. J'avais compris que
certains responsables du FFS voulaient
m'utiliser, or je voulais rester totalement
indépendant.

Je croyais que la chance m'était revenue.
Je sortais de plusieurs mois d'hospitalisation. Je revivais. Je remarchais, en boitillant
certes, mais j'arrivais à me déplacer sans
trop de mal. J'étais sorti du cauchemar.
En 1990, le destin en a décidé autrement.
Pour une simple querelle de voisinage, tout
a de nouveau basculé.

Une route destinée à relier les villages voisins au siège de la nouvelle mairie (APC)
était en projet. Bien avant ma première hospitalisation, en 1988, les topographes
avaient déjà vérifié le tracé. Les responsables de la mairie m'avaient même
contraint à faire démolir une petite cabane
qui se trouvait près de chez moi, sur un
lopin de terre m'appartenant, car la route
devait passer à cet endroit. Puis, en 1990, le

tracé initial est changé. Les autorités locales décident de faire passer la route au ras du mur de ma maison, ce qui, de fait, favorisait mon voisin – lequel avait l'intention de faire construire un immeuble. Pendant mon hospitalisation, il avait soudoyé certains responsables de la mairie et de la wilaya afin d'obtenir la fameuse modification du tracé de cette route.

Comprenant la manœuvre, je porte plainte. Avant même qu'il ne pose sa première pierre, une mise en demeure lui est envoyée. Sans en tenir compte de cet avis, il décide de continuer. Quatre autres sommations lui seront adressées par la suite. Lui continuera à bâtir, de nuit, pour mettre les autorités devant le fait accompli.

Un matin, ulcéré par le vrombissement du marteau-piqueur, je me rends au siège de l'APC porter plainte une nouvelle fois. Deux agents de l'urbanisme m'accompagnent sur les lieux. À leur vue, mon voisin commence à m'insulter. Ma sœur apparaît devant la porte de la maison. Mon voisin n'interrompt pas le flot de ses injures grossières en dépit de sa présence. Perdant mon sang froid, je monte dans ma voiture pour foncer sur lui. Il se cache derrière un pilier et mon 4x4 est arrêté par le grillage de protection de son chantier. Les deux agents de l'APC font tout pour me retenir, m'expliquant que le voisin cherchait à me faire perdre patience. «Ressaisis-toi», me répétaient-ils. J'étais à bout de nerfs, je voyais rouge, mon honneur était souillé par les insultes infamantes proférées devant ma sœur. Or mon voisin était physiquement beaucoup plus fort que moi, qui sortais de l'hôpital affaibli, invalide.

Je rentre chez moi, j'attrape un magnum de whisky et je me mets à boire au goulot. Très vite, je fus soûl. Ma colère, loin d'être apaisée, avait encore grandi. J'attrape mon fusil de chasse, je l'arme, je sors. Et je commence à tirer en l'air. Je n'avais pas l'intention de tuer ni de blesser quiconque, je voulais simplement me faire entendre. Les jeunes du village, alertés par le bruit des tirs, accourent et je leur tends mon fusil sans opposer la moindre résistance. Une heure après, la gendarmerie arrive, bientôt suivie de notables du village. Ils voulaient en fait apaiser tout le monde. Pour ne pas m'arrêter devant témoins, le brigadier me convoque à la gendarmerie avant dix-sept heures. Quand j'y suis arrivé, mon voisin, le père de celui-ci, trois villageois et plusieurs gendarmes étaient présents. À peine me voit-il que mon voisin recommence à m'insulter et m'envoie un coup de pied dans le ventre. Puis je ressens une violente douleur dans le bas du dos. Je me retourne pour constater que le père de mon voisin tenait une énorme dague : il m'avait poignardé. Je m'effondre. On m'emmène chez un médecin qui recommande mon évacuation immédiate sur Tizi Ouzou pour explorer ma blessure à l'hôpital.

Aux urgences, on nettoie la plaie, on me met un pansement. Et le médecin décide de me renvoyer chez moi sans m'avoir réellement examiné. Diagnostic : blessure superficielle. Je m'affaisse sur mon lit. À la tombée de la nuit, des douleurs atroces m'empêchent de dormir. J'avais soif, je buvais, je vomissais et je rebuvais sans arrêt. À deux reprises au cours de cette même nuit, mes amis me conduisent chez un médecin de campagne. La première fois, il était absent. Au fur et à mesure que les minutes s'écoulaient, mes douleurs s'accentuaient. Ce n'est qu'à la deuxième tentative que nous le trouvons chez lui. Il était déjà trois heures et demie du matin. Le médecin m'administre un pansement gastrique, me fait une injection intraveineuse et me donne aussi des suppositoires à prendre chez moi.

De retour à la maison, les douleurs redoublent. Je me mets un suppositoire et je sens un filet de sang couler entre mes cuisses. J'appelle mon fidèle ami, Fodil, qui arrive aussitôt. « Fodil, le poignard m'a perforé le rectum. J'en suis sûr. » J'étais tellement mal que je pleurais sur mon sort. C'était vraiment trop pour un seul homme.

Le lendemain, me trouvant dans un état d'extrême faiblesse, ma sœur Malika m'emmène avec l'aide de Fodil au CHU de Tizi Ouzou. J'étais livide. Mon ventre avait gonflé dans la nuit. Le moindre effleurement était insupportable. On m'envoie faire une radiographie. Certains médecins diagnostiquent une appendicite. D'autres affirment qu'il s'agit d'une infection liée à mes précédentes interventions. Moi, je savais qu'il n'en était rien. Je répétais que j'avais été poignardé, je les implorais. C'était l'été. Le chirurgien faisait du camping et il fallut attendre vingt-trois heures pour qu'il arrive. Impossible de le déranger plus tôt.

Enfin, on m'opère. J'avais développé une péritonite. Je savais alors qu'une telle infection pouvait me tuer très rapidement. Le chirurgien ouvre, nettoie et suture, mais sans explorer le rectum.

Pendant deux jours, les douleurs ayant presque disparu, j'allais à peu près bien. Le troisième jour, c'est le drame. À l'intérieur de mon ventre, les selles et le pus se mélangeaient. L'intervention était un échec.

Moh Saïd et Fodil, en permanence à mon chevet, se rendent compte qu'il faut intervenir très vite, car une fistule est en train de m'empoisonner de l'intérieur. Ils font le tour de l'hôpital avec un jeune infirmier très dévoué, Smaïl, à la recherche d'un médecin. En vain. Aucun ne veut assumer la moindre responsabilité. Moh Saïd, Fodil et Smaïl décident alors de prendre les choses en main, car ma vie est en jeu. D'eux-mêmes, ils font sauter les points de suture. Un liquide visqueux, mélange de sang et de pus, s'écoule de la plaie. J'avais affreusement mal mais je venais d'être miraculeusement sauvé. Terrible Algérie où, dans un hôpital régional, c'est l'intervention personnelle d'un infirmier aidé par mes deux amis qui rattrape les erreurs commises par un système de santé en perdition. Tous, pensant que cette nuit-là était la dernière de ma vie, se relayaient à mon chevet, de même que ma famille totalement désespérée. C'était grave, car j'étais à bout de forces. Fodil avait laissé pousser sa barbe, ce qui m'inquiétait parce que, chez nous, un homme laisse pousser sa barbe lorsqu'il est en deuil. «Fodil, que se passe-t-il? Pourquoi cette barbe?» Il me répond tranquillement : «Ne t'inquiète pas, je n'ai pas le temps de me raser. Je suis en train de m'occuper de ta prise en charge pour que tu partes rapidement en France.»

En effet, je savais qu'il fallait une prise en charge. Mais moi qui le connaissais bien, j'étais sûr qu'il cachait sous son activité une grande tristesse, persuadé que j'allais mourir.

Lorsque le directeur de l'hôpital est arrivé enfin, il s'est rendu compte de la situation et du diagnostic erroné, hélas trop tard. La seule solution restait mon évacuation à Paris. Une fois de plus.

Les papiers pour mon transfert, dûment remplis, étaient entre les mains du médecin accompagnateur. Pour une somme misérable de deux cents francs, qu'il fallait lui verser en devises à titre d'allocation de séjour, il faisait tout pour retarder mon départ. Saadia, hôtesse de l'air, une amie de longue date et qui deviendra trois ans plus tard ma femme, arrive à l'hôpital, affolée. À peine me voit-elle qu'elle éclate en sanglots. En l'espace de quelques jours, j'avais énormément maigri. Mon ventre était ouvert, on voyait mes intestins. Sur le côté droit, j'avais un drain, qui, à Paris, sera remplacé par une colostomie. Le jour de mon évacuation, les infirmières se relayaient pour essayer de placer la perfusion sans y réussir : mes veines éclataient au premier contact de l'aiguille. C'était à la fois très douloureux et très énervant. À la dernière minute on a décidé de me piquer à l'orteil. Sur la route de Tizi Ouzou, en direction de l'aéroport, la perfusion a sauté et c'est donc sans soins, déperfusionné, que j'ai fait le voyage jusqu'à Paris.

À l'aéroport d'Alger, l'attente a continué. Malgré ma soif, je n'avais pas le droit de boire. Saadia courait partout pour réclamer que l'on m'installe le plus vite possible dans l'avion. Comme d'habitude la même bureaucratie nous retardait. Saadia, qui avait signé des décharges en son nom et devenait responsable de ce qui pouvait m'arriver, était de plus en plus inquiète.

Pour la énième fois, je me retrouve à l'hôpital Beaujon. La pose de la perfusion a nécessité l'intervention d'un chirurgien anesthésiste, cependant que les médecins qui m'avaient accueilli refusaient de se prononcer sur mon état.

Après un mois de soins intensifs et d'opérations, je me retrouvais, une nouvelle fois, avec une colostomie. Le cauchemar récurrent. Heureusement, pendant toute cette période de malheurs, Fodil et Saadia sont restés à mes côtés et m'ont énormément soutenu.

Après plus d'un mois à attendre une cicatrisation qui tardait à venir, la peur et la lassitude se sont emparées de moi, de même que la nostalgie des miens, cette crainte permanente de ne plus les revoir. Je décidai donc de regagner mon pays, le ventre ouvert et la poche sur le côté droit. Pour me raccrocher comme je pouvais à la vie, j'évoquais mes amis intimes, ma révolte, ma chanson et ma guitare. Je passais la plus grande partie de mon temps à composer, à me remémorer ma jeunesse passée, alors que j'avais en fait à peine plus de trente ans.

J'étais en Kabylie lorsque j'apprends qu'un match de football opposant la Jeunesse sportive de Kabylie, le club le plus prestigieux en Algérie, à l'équipe zambienne des Red Devils (les Diables rouges) avait lieu à Alger. Je décide d'y aller. La JSK remporte le match par un but à zéro. Au cours du match, alors que je me trouvais en pleine tribune officielle, ma poche éclate. Les selles se répandent dans mon pantalon. Tant bien que mal, j'essaie de m'emmitoufler dans mon burnous pour éviter que la puanteur ne se propage. Un supplice !

Le soir, enfermé dans ma chambre, je revoyais le film de ma vie défiler. Rien que de la souffrance. Toute cette période a été une horreur permanente. Les journées étaient difficiles, les nuits très sombres. J'évitais les lieux publics. Je ne voulais à aucun prix que la terrible expérience du stade se reproduise. Mais je devais continuer à vivre. Continuer à voir du monde. C'est la raison pour laquelle je décidai de m'envoler avec les supporters de la JSK pour Lusaka – plus de dix heures de vol – afin d'assister au match retour contre les Red Devils. La JSK ayant triomphé, le retour en Kabylie fut euphorique. Nous avions avec nous la coupe d'Afrique des clubs champions.

Entre-temps l'avocat de mon voisin, profitant de mon voyage en Zambie, avait demandé à être reçu par le procureur de la République de Tizi Ouzou. Il exigeait la libération de son client, son argument était que, si j'avais effectué ce voyage à Lusaka, c'est que je n'étais pas si malade. Mon agresseur fut relâché.

Dès que j'ai appris sa libération, je me suis dirigé vers le tribunal. Fou de rage, j'ai commencé à en briser les vitres. Je n'étais plus moi-même. La police arrive, m'arrête. On me dirige vers le médecin assermenté par le tribunal, qui estima que je ne devais pas être incarcéré, vu mon état physique. Les magistrats, trop souvent corrompus dans notre pays, ont tout fait pour retarder mon procès. Voulant m'infliger une lourde peine, ils attendaient mon rétablissement. Condamné à un an de prison ferme, j'ai fait appel et j'ai continué à me soigner. De nouveau, pour subir une intervention à l'hôpital Beaujon, je suis reparti en France. Au bout d'un mois, j'étais sur pied, mais je n'étais plus moi-même. J'avais vieilli. Pourtant, je continuais tant bien que mal à me battre pour l'identité amazigh qui s'affirmait chaque jour davantage. Le 16 janvier 1993, je suis invité à Montréal à l'occasion du nouvel an berbère. Le 20 février, je me produisais à New York. Le 13 mars, j'étais à Berkeley, en Californie. On m'y remit une plaque récompensant mes années de lutte pour la reconnaissance de l'identité berbère. Sur cette plaque, gravés en anglais, on peut lire ces mots : « L'association culturelle berbère en Amérique exprime sa profonde gratitude à Matoub Lounès pour sa haute contribution à la culture amazigh aux États-Unis. »

Quelques semaines plus tard, alors que je me promenais le long du port de San Francisco, je pensais que, même si je me sentais bien, la Kabylie me manquait énormément. Le 20 avril approchait. C'était le chant des sirènes. Je sautai dans un avion pour Paris et deux jours plus tard, j'étais au pays. Le 20 avril 1993, je faisais partie des milliers de marcheurs et j'ai animé comme à l'accoutumée des galas à Bougie et à Tizi Ouzou. La quête de notre mémoire est décidément plus forte que tout. Le combat avançait. Mais, sur le plan personnel, mes problèmes restaient les mêmes.

Mon voisin et son père n'ont pas été condamnés. Quant à moi, je fais toujours l'objet d'une condamnation à un an de prison ferme. À n'importe quel moment, on peut décider de me faire purger cette peine.

Mes voisins ont fini par construire leur maison. La route ne passe pas à côté de chez moi. J'ai même fait bâtir un puits et un abreuvoir – l'eau est rare chez nous – et ils y ont un accès direct et illimité. J'ai pardonné. J'étais vivant.

6

Je savais que j'étais recherché. On me l'avait dit, des amis m'avaient prévenu, les mises en garde se multipliaient. Je recevais de plus en plus de lettres anonymes, toutes très menaçantes. Dans ces lettres, on me jugeait responsable de tous les maux. En tant que mécréant, j'étais une cible désignée, l'homme à abattre, celui dont il faut impérativement se débarrasser. Un danger non seulement pour la Kabylie, mais aussi pour l'ensemble du pays. À peu près trois mois avant mon enlèvement, des affiches imprimées avaient même été placardées de nuit, dans les rues de Tizi Ouzou, sur lesquelles mon nom apparaissait en toutes lettres. Je savais, par ailleurs, que je figurais sur un nombre important de listes d'intégristes : les fameuses listes noires. J'étais condamné à mort. Ils voulaient ma peau, c'était sûr. Je n'avais jamais voulu prendre trop au sérieux ces menaces. Sinon, j'aurais dû quitter la Kabylie, arrêter de chanter ou rester enfermé chez moi, comme tant d'autres. Autant de choses impossibles. J'aime vivre. Je ne supporte pas les entraves ni les restrictions. Esprit de contradiction, peut-être. Même si ma sécurité est en jeu, j'aime sortir, aller dans des bars, y rester jusqu'à des heures parfois avancées de la nuit – il n'y a pas de couvre-feu en Kabylie –, discuter avec les gens, prendre un verre et rentrer quand je me sens fatigué.

C'est comme cela que j'ai toujours conçu ma vie d'artiste. Immergé dans la société, j'en saisis mieux les besoins et les satisfactions. J'aiguise mon savoir par le contact direct avec les gens, dont je partage les ambitions et les périls. Pour moi, le poète n'est pas là pour imaginer des situations ni inventer des solutions. Son rôle consiste à rester le plus près possible à l'écoute de la vie, à l'exprimer le plus fidèlement qu'il peut et sait le faire, pour permettre à chacun de se situer dans son milieu et se réaliser selon ses ambitions. Pour être crédible, le poète ne doit pas être, comme on le prétend souvent un peu vite, un marginal. Au contraire, il doit se montrer solidaire des siens et adapter au maximum sa vie à sa parole. L'essentiel pour moi est de réaliser l'adéquation entre ma vie et mes idées, mon combat et mes chansons. C'est toujours cet objectif que j'ai essayé d'atteindre. Ma vie est une recherche permanente de cet équilibre d'où je tire ma force et mon inspiration. Les gens savent, lorsque je suis parmi eux, que c'est l'ami, le copain qui est là. Chez nous, tout le monde connaît tout le monde, depuis l'enfance. Les vieux m'ont vu grandir, les plus jeunes étaient à l'école avec moi. Nous sommes des frères. C'est d'ailleurs cette «fraternité» qui nous a permis, à nous Kabyles, d'être relativement épargnés par la violence intégriste.

J'avais appris par des gens de la région qu'à plusieurs reprises, pour me coincer, de faux barrages avaient été mis en place entre

mon village, Taourirt Moussa, et Tizi Ouzou.
Les faux barrages et les vrais barrages sont
quasiment identiques, c'est là tout le danger
car les vrais sont contrôlés par des gendarmes ou des policiers, les faux par des terroristes. Je faisais donc en sorte d'éviter les
axes principaux, préférant autant que possible les routes secondaires.

Ce jour-là, le 25 septembre, je rentrais
d'Alger où j'étais allé voir mon père hospitalisé. La pluie ne cessait de tomber, une
pluie torrentielle. J'étais avec deux amis :
Henni, de mon village et Djamel, qui habite
Michelet. Nous étions encore assez loin de
chez moi et, comme j'étais fatigué de
conduire sous les trombes d'eau, nous décidons de nous arrêter dans un bar pour
prendre un dernier verre. Il devait être environ vingt heures. Nous nous asseyons au
comptoir et je prends un scotch. J'étais
armé, mon pistolet caché derrière mon dos.
Juste au moment où je referme la main sur
mon verre, un énorme bruit retentit à
l'entrée du bar. Les portes sont poussées
violemment et un groupe d'une quinzaine

d'hommes fait irruption dans la salle. Cris, hurlements et début de panique. J'ai tout de suite compris. D'ailleurs, ils ont immédiatement revendiqué leur appartenance au GIA, le Groupe islamique armé. Pris au dépourvu, j'étais bloqué. Dehors, d'après ce qu'ils disaient, d'autres faisaient le guet.

Ils étaient armés : plusieurs fusils de chasse, un poignard, quelques fusils à canon scié, mais pas d'armes de guerre. Rien d'exceptionnel. Tous avaient le visage découvert. Tous parlaient kabyle. Ils savaient que j'étais là parce qu'ils avaient reconnu ma voiture garée devant le bar. Que pouvais-je faire ? Ils étaient tellement plus nombreux que la moindre tentative de défense aurait inévitablement tourné au carnage. Ils ont commencé à fouiller tout le monde sans ménagement. Arrivés à moi, ils se sont mis à me palper le dos. Du coude, j'essayais de repousser mon arme, de la faire glisser sous le pan de ma chemise. Évidemment, ils s'en sont aperçus et l'un d'eux a hurlé : « C'est lui, c'est lui ! » Il était très énervé. Un autre m'a braqué son fusil à canon scié sur la tempe.

J'ai pensé un instant qu'il allait tirer, car je les savais capables de tout. Un troisième est intervenu à ce moment-là : « Arrête, c'est Matoub. » Je ne croyais pas en sortir vivant. Je pensais qu'ils allaient me tuer ou m'égorger devant tout le monde. Mais non. Ils m'ont fait asseoir à l'écart des autres clients. Dans le bar, personne ne bougeait, personne n'osait même respirer. Un quatrième terroriste s'est approché de moi. Son nom de guerre, je l'ai su plus tard, était Hamza. Il me dit : « Si tu t'apprêtes à mourir, es-tu décidé à faire ta prière et à dire "Allah est Grand et Mohamed est son Prophète" ? » Avec tout l'aplomb dont j'étais capable à ce moment-là, je réponds : « Évidemment », tout en pensant : « Lounès, mieux vaut être un peureux vivant plutôt qu'un héros mort. » Apparemment satisfait de ma réponse, il se calme, pendant que les autres ramassent les papiers d'identité des clients et commencent à tout saccager. Ils confisquent la caisse, cassent les bouteilles d'alcool et raflent la nourriture stockée. Le travail fut si minutieusement mené que le bar a été ravagé en quelques minutes. Après avoir violemment

176

menacé le propriétaire du bar, ils ont chargé tout ce qu'ils pouvaient emporter dans un camion à l'extérieur. Ce café-là était le troisième qu'ils détruisaient au cours de la même soirée. Les expéditions continueraient, ont-ils dit, tant que les bars s'obstineraient à servir de l'alcool. C'était leur dernier avertissement. La prochaine fois, si le propriétaire du bar n'avait pas obtempéré, ils le tueraient. Les clients, eux, selon la loi de la *Charia*, seraient fouettés.

Quant à moi, ils me demandent les clés de ma voiture et me font monter à l'arrière de ma Mercedes. Deux s'installent à l'avant, un troisième s'assoit à ma gauche, un quatrième à ma droite. Le camion, bourré de terroristes, ouvre le chemin. Ceux qui avaient fait le guet portaient une cagoule.

L'enlèvement s'est opéré sans brusquerie, mais je savais qu'il valait mieux que j'obtempère à tout ce qu'ils me demandaient. C'était sans doute ma seule chance. En même temps, je restais convaincu qu'ils finiraient par me tuer. Le trajet s'est effectué dans un silence presque complet, sinon que, s'adressant à moi, l'un d'eux a eu cette réflexion : « C'est toi, *Adou Allah*, l'ennemi de Dieu. » Je n'ai pas répondu, mais je savais à quoi m'en tenir. Durant tout le parcours, j'étais surveillé de près : au moindre de mes gestes, je sentais que celui de gauche se raidissait.

Nous avons roulé un long moment, une heure peut-être, sur de petites routes sinueuses. J'ai reconnu à un certain moment Ouassif, un bourg bordé d'une rivière, au pied du Djudjura. Devant nous, le camion stoppe, nous stoppons. Ils me font descendre et on me donne un jus d'orange. Dans ma tête, tout se télescopait. La peur me gagnait, une peur par moments intolérable. Une angoisse terrible qui monte et vous étreint, à tel point que le souffle vous manque. La gorge est nouée, le cœur bat à toute vitesse. Je me répétais : « Ils vont t'abattre. Ils cherchent le meilleur endroit pour t'exécuter. »

Quelques minutes plus tard, on me fait monter dans le camion, à l'intérieur de la cabine. La terreur m'envahit car, si nous rencontrons un barrage, un vrai, je suis fichu : c'est d'abord dans la cabine que les gendarmes vont tirer. Les balles seront aussi pour moi. Plus de deux heures s'étaient écoulées depuis mon enlèvement : l'alerte avait dû être donnée, les recherches devaient commencer. Selon toute vraisemblance, on rencontrerait l'un de ces barrages sur une route.

« Le Tranché » est un carrefour d'où partent quatre chemins : l'un mène à Ath Yenni, un village que j'aime beaucoup, très célèbre pour ses bijoux kabyles ; l'autre va à Tassaft, le village du colonel Amirouche, héros de la guerre d'Indépendance ; le troisième rejoint Michelet et le dernier Tizi Ouzou. Arrivés à ce carrefour, ils décident de me bander les yeux. Nous roulons assez longtemps, par des routes que je devine accidentées ou par des chemins de montagne. Nous montions et descendions sans arrêt. Le camion stoppe, je descends. Les aboiements d'un chien me font supposer que nous ne devions pas être loin d'un village. Ils me retirent mon bandeau et me disent de les suivre. Du groupe d'une vingtaine qu'ils étaient au moment de mon enlèvement, il n'en restait que cinq. Les autres avaient disparu. Nous entamons une

descente dans un ravin par un chemin difficile, escarpé et glissant en raison des pluies.
La marche m'était pénible, ma mauvaise
jambe me faisait souffrir. Chaque mètre par-
couru était une souffrance. Ma tête bour-
donnait. Dans quelques instants, tout serait
terminé. J'imaginais que cette promenade
n'avait d'autre but que de choisir un endroit
éloigné pour m'exécuter et faire disparaître
mon corps. Personne ne pourrait jamais me
retrouver. Me revenaient en mémoire des
épisodes sanglants de la guerre d'Algérie, où
pour faire disparaître toute trace, les Moudjahidin égorgeaient leurs ennemis dans les
maquis les plus profonds. J'allais connaître
le même sort, j'en étais convaincu.

Après plusieurs kilomètres de ce parcours
épuisant, je déclare : « Je m'arrête là, je
refuse de continuer. Je ne ferai plus un pas.
Si vous voulez me tuer, allez-y tout de
suite. » Ils m'ont répondu qu'ils n'en avaient
pas l'intention. Qu'avant de prendre la
moindre initiative, ils devaient en référer à
leurs chefs. Ils ont ajouté que nous étions
presque arrivés et que je devais faire un dernier effort. J'ai réfléchi plusieurs minutes.

Et finalement je me suis relevé. Je n'attendais plus rien, je n'espérais plus rien.

Encore cinq cents mètres et nous entrions dans le camp du GIA. Nous étions au cœur du maquis.

À gauche, à l'entrée du camp, une tente camouflée servait de cuisine. À droite, une sorte de cabane avait plus ou moins été aménagée. Tout autour de cet espace assez vaste, on avait creusé la terre, taillé les talus et installé des bâches de protection en plastique noir.

Le premier soir de mon arrivée, ils m'ont mis dans la « cuisine », m'ont donné des couvertures et à manger. Incapable d'avaler quoi que ce soit, je leur ai demandé ce qu'ils attendaient de moi. « Nous devons aller chercher "l'Émir" du groupe » fut la seule réponse que j'ai obtenue. Ce soir-là, je n'ai pas pu dormir. Il faisait froid, la pluie continuait à tomber. Et moi, je m'interrogeais. Qui était cet « Émir » ? Probablement, le responsable du groupe. En tout cas, ils l'avaient évoqué avec beaucoup de respect. Vers trois heures du matin, alerté par du bruit, des voix, une sorte de brouhaha confus où on s'exprimait en arabe et que j'avais du mal à comprendre, j'ai demandé à mon gardien ce qui se passait. « L'Émir vient d'arriver. » Instinctivement, j'ai eu l'espoir qu'il prenne la décision de me relâcher. Il est entré sous la tente. Je m'attendais à voir quelqu'un d'âgé, une sorte de super-commandant. Or il n'avait pas plus de vingt-quatre, vingt-cinq ans. Assez grand, barbu évidemment, il s'exprimait dans un kabyle parfait. « *Inch Allah*, nous parlerons demain », et il est reparti. La conversation s'était arrêtée avant même d'avoir commencé. Je n'avais pas eu le temps de prononcer la moindre parole.

En fait, nous n'avons parlé ni le lendemain ni le surlendemain. L'« Émir » avait disparu. En mission, me dit-on. À partir de cet instant, j'ai senti que j'entrais petit à petit dans la peau d'un détenu, d'un otage à qui on ne dit rien, qui ne doit rien savoir. Surtout pas, d'ailleurs, le sort qu'on lui réserve.

Ils étaient en permanence une quinzaine dans le camp, mais il y avait beaucoup de passage. Certains arrivaient, d'autres repartaient. Moi je comptais les minutes. Je n'avais rien pour m'occuper, je regardais le temps s'étirer sans fin. Jamais il ne m'a paru si long. J'avais connu des moments difficiles dans ma vie, des souffrances physiques terribles. Mais les choses étaient peut-être encore plus insupportables cette fois-ci. Je ne pouvais me raccrocher à rien, ni à l'espoir d'une guérison ni à ma musique. La torture psychologique était immense. La solitude aussi. Pour me réconforter, je me disais que chaque instant de vie était un instant de gagné. L'instant suivant serait peut-être celui de ma mort. Elle était déjà en moi comme un sentiment diffus. Je ne voyais pas de solution. Je ne comprenais toujours pas pourquoi ils ne m'avaient pas déjà abattu. Peut-être essayaient-ils de gagner du temps ? Pendant trois jours, je suis passé par des phases terribles, de l'angoisse profonde à de furtifs moments d'optimisme sans fondement. Je mangeais très peu, et du bout des dents, des galettes de pain qu'ils fabriquaient eux-mêmes, avec parfois de la confiture. J'avais très mal au ventre, des diarrhées permanentes qui ne m'ont pas quitté pendant toute la durée de ma séquestration. Je ne faisais que boire. L'eau était sale, de l'eau de pluie stagnante recueillie dans des cuves en plastique. Il n'y avait évidemment pas de source dans les environs.

J'essayais de communiquer avec mes ravisseurs, de comprendre ce qui m'arrivait. Pour essayer de les amadouer, de les rapprocher de moi, je leur expliquais qu'en 1988, j'avais été victime du pouvoir. Mon corps était couvert de blessures qui me faisaient encore souffrir. Victime d'un pouvoir qu'eux-mêmes combattaient, je pensais pouvoir les faire réfléchir. Dans le même but, j'ai souvent simulé des douleurs intestinales, imaginant qu'ils pourraient prendre peur et me libérer. La ruse était quand même à double tranchant : ils pouvaient décider de se débarrasser de moi pour ne pas s'encombrer d'un malade.

Je passais par tous les états d'âme possibles. Sans raison, sans évolution de la situation, l'espoir succédait à la panique. Le pire était de ne pouvoir parler sérieusement avec personne. Je craignais de devenir fou. J'essayais de parler avec n'importe lequel de mes ravisseurs : l'essentiel était d'avoir un échange. Il fallait briser le cercle de la peur et de l'incertitude. Quand on est coupé de tout et qu'on n'attend plus rien, l'échange est un besoin vital. Je comprends maintenant pourquoi certains otages, trop longtemps isolés, ont fini par perdre leur équilibre mental.

Le troisième jour, apparaît un jeune que je connaissais. Je savais qu'il avait rejoint les intégristes et qu'il était dans le maquis depuis déjà quelques années. Son arrivée a été un soulagement. Nous nous connaissions assez bien. C'était un sportif de haut niveau, un judoka, deux fois champion d'Afrique et classé sixième ou septième mondial. Plusieurs fois, il m'avait rendu visite. Il avait dormi à la maison, ma mère le recevait comme son fils. Il était même venu me voir lorsque j'avais été hospitalisé en 1988. J'ai ressenti tout à coup une immense bouffée d'espoir : tout allait s'arranger. Mais quand il s'est mis à me parler, le ton de sa voix n'était plus du tout celui que je connaissais. J'avais laissé un ami, je retrouvais un maquisard sûr de son fait et déterminé dans sa lutte. Ses propos m'ont glacé d'effroi : comme je réclamais son aide, l'interrogeant sur mon avenir immédiat, il m'a répondu : « Lorsque quelqu'un touche à la religion, même s'il s'agit de mon père, cela m'est égal. On l'exécute. » Tout espoir s'effondrait. Je n'avais obtenu qu'un sursis. Il fallait que je me prépare à mourir. Ses paroles n'avaient laissé entrevoir aucune issue, sinon l'exécution.

La froide métamorphose de mon ami m'avait anéanti. Comment pouvait-on passer d'un état équilibré à un fanatisme qui fait d'un être normal une machine à tuer ? Notre société était vraiment malade. Le basculement de mon ami judoka constituait un sombre présage, un très mauvais signe pour le pays. Cette terrible découverte occupa complètement mon esprit. Pour la première fois depuis mon enlèvement, ma situation personnelle m'angoissait moins que le cas de ce garçon et ce qu'il signifiait en profondeur.

Durant cette même troisième journée, j'ai vu arriver un autre « Émir », celui de la wilaya, responsable du GIA pour la province. J'ai pu comprendre qu'il était plus important que le premier que j'avais rencontré. Cet « Émir », à peine plus vieux que l'autre, avait plusieurs groupes sous sa direction. Tout le monde l'attendait. Dans un silence pesant, il prit la parole et d'emblée, il s'adressa à moi : « C'est toi l'ennemi de Dieu. » Je n'ai pas répondu. Ensuite, il a passé en revue tout ce qu'ils avaient à me reprocher. J'ai compris à ce moment-là que mon « procès » se préparait. En tête des chefs d'accusation, évidemment, mes chansons. « C'est à cause de tes chansons que la Kabylie est en train de sombrer dans le néant, c'est toi le responsable. » Je n'avais donc d'autre choix que d'abandonner, je devais cesser de chanter. L'exemple, le modèle qu'ils me citaient sans cesse était celui de Cat Stevens – que tous appelaient de son nom musulman, Youssef Islam. Ce très grand chanteur avait décidé du jour au lendemain de quitter sa vie passée pour embrasser l'islam et rejoindre « les rangs du *djihad* ». Si lui l'avait fait, pourquoi moi hésitais-je ? Certes je perdrais mon public mais je gagnerais tellement plus : je me rapprocherais de Dieu. Leurs propos étaient d'une simplicité sans nuance. Quoi que j'aie pu faire par le passé, quelles qu'aient pu être mes erreurs, même les plus graves, si je décidais de me repentir, de me mettre à la prière et d'adopter l'islam, le paradis m'était ouvert. Tout serait gommé, y compris, éventuellement, le meurtre, si j'acceptais de devenir un fervent musulman. Dieu me récompenserait. En revanche, si je m'obstinais dans mes erreurs passées, singulièrement si je continuais à chanter contre la religion et l'islam, j'étais perdu définitivement. Je ne devais donc plus porter la moindre atteinte à la religion.

À ce propos, ils m'ont raconté une histoire qui, en d'autres lieux, aurait dû me faire sourire. Ils avaient voulu tester ma popularité. Dans un village, ils avisent un gamin : « Au nom de Dieu, viens ici... » Le gamin ne bouge pas et rétorque : « Non, je ne viens pas. » L'un d'eux a une idée : « Au nom de Matoub, viens. » Et le gosse s'empresse de répondre : « Si c'est pour Matoub, je viens tout de suite. » Ils ont évidemment tiré toute une série de conclusions de cette petite expérience, la principale étant que ma popularité pouvait provoquer des désastres. Leur attitude, si elle était déterminée, ne comportait pas vraiment d'agressivité. Du coup, un nouvel espoir est né en moi. S'ils me parlent de cette façon, c'est qu'ils ont l'intention de me libérer, sinon qu'est-ce que ça signifie ?

Un peu plus tard, l'« Émir » de la wilaya est revenu me voir pour continuer l'interrogatoire. Une nouvelle fois, je lui ai demandé ce qu'ils avaient l'intention de faire de moi. Sa réponse a été plus qu'évasive : « Il faut attendre, je ne peux pas te laisser partir, je dois voir avec mes supérieurs... » Chaque question, chaque demande de précision se heurtaient au silence. Attendre ! J'attendais déjà depuis plus de trois jours ! C'était même ma seule occupation. Moralement, j'allais très mal. Je n'avais rien à faire, il ne se passait rien, on ne me disait rien. Un matin, j'ai craqué et j'ai crié à mon gardien : « Ça suffit ! Tuez-moi ou relâchez-moi. » Il a esquissé un vague sourire. Et plus rien.

Au soir de la troisième journée, l'« Émir » reparaît pour m'annoncer : « Nous attendons Abou Dahdah, il va arriver. » Subitement très inquiet, je demande qui c'est. L'« Émir » me répond : « Le plus sage d'entre nous, il connaît le Coran plus profondément que nous tous. C'est notre référence. Il s'occupe des affaires de justice et de religion. »

Quelque chose d'important se préparait donc. J'essayais de deviner, d'imaginer. Je pensais au pire, l'angoisse revenait, poignante et terrible. Je m'étais bien douté qu'ils préparaient mon procès puisqu'ils m'avaient longuement interrogé, mais je ne savais pas qu'ils attendaient le « spécialiste des affaires religieuses ».

Lentement, un très long film s'est mis en marche dans ma tête. J'essayais de récapituler tout ce que j'avais pu dire ou faire dans le passé et qui pourrait être utilisé contre moi. Outre mes chansons, il y avait mon combat, toutes les marches auxquelles j'avais participé, toutes mes prises de paroles à l'occasion de meetings, de rassemblements ou chaque 20 avril, lors de la commémoration du Printemps berbère. Chaque fois qu'une manifestation dénonçant la violence intégriste était organisée, j'étais en tête, ou parmi les tout premiers. J'étais présent aussi lors de la manifestation du 22 mars appelée par les associations de femmes. Le 29 juin, je participais à la marche organisée à l'occasion de l'anniversaire de la mort du président Boudiaf. J'avais dénoncé les deux bombes qui avaient ensanglanté cette marche. Tout cela fait partie de mon combat. Et c'est à cause de ce combat que j'étais prisonnier des terroristes.

J'essayai de préparer ma défense. Que dire ? J'étais gênant pour eux, très encombrant, je m'en rendais compte. Les intégristes n'avaient pas hésité à tuer ou à égorger des intellectuels, des journalistes ou de simples citoyens qui n'avaient pas dit ou fait la moitié de ce que j'avais exprimé dans mes prises de position ou dans les textes de mes chansons.

Rebelle

Haram (péché), c'était le mot qui revenait le plus souvent lorsqu'ils évoquaient mes chansons. Eux n'écoutent jamais de musique, le Coran l'interdit. Mais ils connaissaient parfaitement mes textes. J'ai pu le vérifier à plusieurs reprises. L'un d'eux m'a même avoué qu'« avant d'avoir rencontré Dieu », il était un de mes fervents admirateurs. Maintenant, les seuls fois où ils m'entendaient, c'était involontairement quand un chauffeur de transport public mettait de la musique qu'ils étaient obligés de subir. Ils répétaient que j'étais dangereux pour la société.

J'avais beau expliquer pour ma défense que la chanson était une expression que le monde partageait depuis des siècles et que je n'avais fait que m'inspirer des Anciens, je sentais que l'étau se resserrait. Les questions se faisaient plus pressantes, le ton plus ferme. Mon procès, à proprement parler, n'avait toujours pas commencé mais ses préparatifs avançaient. Une chose m'obsédait : à quel temps parlaient-ils de moi ? Au futur ? Au passé ? Ce souci peut paraître insignifiant, mais je m'accrochais au moindre détail. Pour être clair, est-ce que j'allais

192

mourir ou vivre ? Si la phrase commençait par « Quand tu vas sortir… », l'espoir renaissait. Lorsqu'ils disaient « Si tu sors », l'angoisse me reprenait. Chaque parole, chaque signe comptent en de tels moments. En l'espace de quelques secondes, je passais par toutes les phases possibles. Mon cerveau recevait choc sur choc. Je me souviens, au troisième soir de ma détention, d'avoir perçu des coups de bêche. Il était très tard. Fou de terreur, je demande à mon gardien de quoi il s'agit. Étaient-ils en train de creuser ma tombe ? Avaient-ils l'intention de m'enterrer vivant ? Il s'est mis à rire. Nous sommes sortis et j'ai vu qu'ils agrandissaient un espace pour installer une autre tente.

Une autre fois, en pleine nuit alors que nous étions regroupés à l'intérieur de la casemate et que j'étais coincé, comme d'habitude, contre le mur du fond, j'ai compris qu'ils fomentaient un attentat contre le docteur Saïd Sadi. Ils parlaient en arabe classique pour que je ne saisisse pas le contenu de la conversation. Ils avaient évoqué l'assassinat du président égyptien Anouar al-Sadate. L'un d'entre eux a fait part au groupe que deux membres de leur organisation s'étaient portés volontaires pour être « kamikazes » dans l'opération qu'ils projetaient. Ces volontaires devaient servir de bombes humaines. Ils allaient se charger d'explosifs et, lors d'une apparition publique de Saïd Sadi, ils allaient s'en rapprocher au maximum et déclencher l'explosion fatale. Dilem, le nom du jeune caricaturiste à qui ils vouent une haine féroce, revenait fréquemment dans leurs conversations. À plusieurs reprises, ils m'ont demandé de leur dire les lieux qu'il fréquentait en France. Je leur donnais des adresses fantaisistes.

Le neuvième jour, Abou Dahdah, celui que tous attendaient, arriva enfin. Les choses sérieuses commençaient. Nous étions cinq installés dans un abri souterrain : les deux « Émirs », le fameux Abou Dahdah et le judoka, le terroriste que je connaissais. L'abri était creusé très profondément, directement sous la roche. Son atmosphère, très humide, était pesante. Des couvertures à moitié pourries couvraient le sol.

D'abord, on m'a fait décliner mon identité, comme avant tout procès. Ensuite, en guise de préambule, ils m'ont demandé si j'étais d'accord pour reconnaître que c'était moi qui avais entraîné la Kabylie dans la débauche. Je n'ai rien reconnu du tout, j'ai simplement répondu : « Moi, je chante, c'est tout. » En désignant un petit magnétophone posé devant moi, ils m'ont indiqué que tous mes propos allaient être enregistrés. Alors les questions se sont enchaînées. Au début, j'essayais de modifier ma voix, car je ne voulais pas que l'on puisse utiliser cette cassette contre moi. Mais chaque fois que le ton de ma voix baissait, ou lorsque je parlais trop doucement, on arrêtait le magnétophone. Ils exigeaient que je parle de la même façon qu'en public, clairement et distinctement. On reprenait alors la question. Je n'ai jamais réussi à les piéger. Les questions se sont succédé pendant plusieurs heures, souvent très dures et très précises : pourquoi je participais aux marches organisées contre le terrorisme ; pourquoi des comités de vigilance et des groupes antiterroristes avaient été créés en

Kabylie. Ces comités les dérangeant beaucoup, ils voulaient un maximum d'informations. Une phrase m'est restée en mémoire : « Nous avons depuis longtemps décidé de tuer les traîtres et tous les ennemis de Dieu, qui sont partout. Le peuple doit nous laisser faire notre travail. » Dans le même ordre d'idées, ils m'avaient affirmé ne pas être des assassins mais des exécuteurs ; ils tuaient les gens qui méritaient de mourir. Questions et affirmations alternaient. Des questions qu'ils m'avaient d'ailleurs posées plusieurs fois auparavant, auxquelles j'avais déjà en partie répondu et qu'ils reprenaient méthodiquement. Comme je l'ai dit, la principale attaque concernait mes chansons. Pour eux, c'est l'islam que je remettais en cause. Dans mes paroles, ce sont eux que je combattais. Ils m'ont même comparé à Salman Rushdie, cet ennemi de Dieu. Un à un, ils ont décortiqué chacun de mes textes. « Tu as chanté cela, pourquoi ?... Tu as dit que le Coran était un livre de malheur. Tu as dis *"Taktab lhif*, le livre de la misère"*. Comment as-tu osé toucher au Coran... Tu as dit que la religion perver-

tit tout... Tu parles de Dieu sans aucun respect... Comment peux-tu écrire une chose
pareille ?... » J'essayais de trouver des
parades, des explications, mais je me sentais piégé. « Tu t'es attaqué aux principes
fondamentaux de l'islam. Tu parle de terrorisme mais quel terrorisme ? Tu as touché
non seulement au Coran mais aussi à la
Sunna. » Je savais que je n'avais aucune
chance de me défendre de manière crédible. À propos du Coran, j'ai essayé
d'expliquer que je n'avais pas d'instruction
religieuse, que je ne parlais pas l'arabe, que
mes parents ne le parlaient pas non plus.
« Ce n'est pas notre faute. Il n'y a pas de
prêche dans les mosquées de Kabylie, c'est
la raison pour laquelle la religion m'a
échappé. » Ce n'était pas très convaincant,
mais j'essayais de gagner du temps. Jamais
je n'aurais imaginé qu'ils prendraient mes
textes un à un pour procéder à leur analyse
vers par vers. Je ne m'étais pas préparé à
cette épreuve. Je butais moi-même sur mes
propres explications. Certaines réponses
paraissaient hésitantes, je m'en rendais
compte, cependant j'essayais de me

défendre, sans beaucoup d'espoir parce que j'étais sûr que, cette fois, les choses étaient réglées, et que la cassette qui s'enregistrait au fur et à mesure du procès serait utilisée par la suite comme une sorte de confession. Les critiques s'enchaînaient les unes aux autres. La chanson que j'avais écrite après la mort de Boudiaf, *L'Hymne à Boudiaf*, m'a valu une interpellation particulièrement vive : « Comment as-tu pu écrire sur ce *chmata*, cette saleté ? Tu ne sais pas qu'il a envoyé dix mille de nos frères dans le Sud algérien, dans des camps de concentration ? » J'avais écrit cette chanson parce que je pensais que c'était le pouvoir qui l'avait fait assassiner, telle fut ma réponse. Pour justifier ma présence à la marche du 29 juin, organisée pour le second anniversaire de sa mort, j'ai dit que j'étais là-bas, oui, mais comme beaucoup d'autres. Il y avait énormément de monde à cette marche. On entendait partout les youyous des femmes. Moi, j'avais marché au milieu des hommes, des femmes et des enfants, c'était la fête. Et puis, tout à coup, ces bombes avaient éclaté et la fête s'était transformée en cauchemar. J'avais été moi-même projeté par le souffle de la deuxième bombe. J'ai décrit l'horreur et la débandade qui avaient suivi les explosions, et les dizaines de blessés en sang. À cause de ma jambe abîmée, je ne pouvais pas courir et une jeune femme m'avait protégé des tirs qui avaient suivi les explosions. Dans la panique, personne ne prêtait attention à moi. Le dos me faisait si mal que je croyais avoir reçu des éclats. Une jeune fille qui m'avait vu à terre était venue vers moi, me protégeant de son corps. Je portais un tee-shirt blanc, très visible. Pour éviter de servir de cible à un tireur isolé, cette jeune fille et un ami ont remplacé mon tee-shirt blanc par un noir, moins voyant, avant de m'évacuer vers l'hôpital Mustapha. Une fois de plus, j'avais frôlé la mort. Eux ne changeaient pas de réponse : « Si tu avais agi au nom de Dieu, au nom de l'islam, tu aurais préparé ta place au paradis. Toutes ces épreuves auraient été bénéfiques pour toi. Tu ne l'as pas fait.... »

Beaucoup de leurs questions concernaient aussi le Mouvement culturel berbère, ce que représentait le mouvement, quelle était sa force. Là, encore, ils ont reproché la présence de banderoles dénonçant le terrorisme dans les marches organisées par le MCB.

Le moindre mot était enregistré, « pour rétablir la vérité », prétendaient-ils, parce que j'étais populaire et que le peuple me croirait. Bientôt, mon procès a pris une tournure plus politique. On m'a demandé de m'adresser à la Kabylie. Ils recherchaient moins, finalement, ma confession qu'un moyen de me manipuler, de se servir de moi. Ils voulaient faire de moi, en quelque sorte, leur porte-parole. Mais au fond, rien ne garantissait qu'une fois mon « contrat » rempli, une fois l'enregistrement terminé, ils ne me tueraient pas quand même. Le doute et l'angoisse occupaient toujours mon esprit.

Forcé et contraint, je me suis donc adressé à mes frères kabyles et je leur ai dit : « Mes frères, ces gens-là ne sont pas contre la culture berbère. Ce qu'ils vous demandent, c'est de les laisser vous expliquer ce qu'ils veulent. » Dans la même cassette, je m'adresse au Mouvement culturel berbère, je dis que le MCB devrait éviter les appartenances politiques et n'œuvrer qu'à la défense de la langue berbère. Que ce n'est pas son rôle de combattre les intégristes. En plus j'ai promis – c'est dans l'enregistrement qu'ils détiennent – que j'allais arrêter la chanson puisque c'est *haram*, c'est-à-dire péché et donc interdit.

Ma vie était en jeu. Mais ma vie à moi seulement. Je n'ai pas essayé de sauver ma tête au détriment des miens. J'avais été enlevé seul. J'ai dû me défendre seul. Si des proches, des amis, des frères, avaient été pris dans le même piège, jamais je n'aurais tenu un langage qui aurait risqué de se retourner contre eux. Jamais je n'aurais essayé de sauver ma peau en sacrifiant celle des autres. Dans ce maquis, j'étais complètement seul, face à eux. Pour combattre le péril, je n'avais que la ruse et j'en connaissais les limites.

Aujourd'hui, cette cassette existe. Les intégristes peuvent l'utiliser, la rendre publique, la faire diffuser sur des radios. Peu m'importe. Les gens me connaissent, ils connaissent ma voix, et ils sauront que j'ai parlé sous la menace, la contrainte, que je n'avais pas d'autre choix. Mourir ainsi me paraissait absurde. J'ai jugé qu'il valait mieux tenter de survivre pour reprendre la parole.

L'interrogatoire a duré plusieurs heures, toute la journée même. Quant au verdict, il est tombé plus tard. Deux jours plus tard, en fait.

En attendant, et parce que je pensais qu'ils pourraient y être sensibles, j'ai décidé de faire la prière avec eux. Cette décision, je l'ai prise seul. À aucun moment, ils ne m'y ont forcé. C'est une sorte de réflexe d'auto-protection qui a joué là; je ne voyais pas d'autres solutions. Tant bien que mal, j'ai commencé à suivre leur rituel. Comme je ne connaissais rien, j'ai appris deux sourates. Mon arabe était très approximatif, mais j'ai suivi. Une chose très surprenante chez les intégristes, c'est de voir, au cours des prières, les pleurs abondants et collectifs. Pour me mettre à l'unisson, moi aussi j'ai pleuré. D'ailleurs je n'ai pas eu à me forcer beaucoup : il suffisait que je pense à ma mère, ma sœur, à ma femme, à mon père hospitalisé, à mes amis très chers, et les larmes venaient toutes seules.

Le verdict a été sans surprise. Mais sans doute pour me ménager – si bizarre que cela me paraisse –, il avait été prononcé de manière ambiguë. On m'a annoncé qu'« en principe » j'étais condamné à mort parce que j'avais touché au « Prophète vénéré ». Mais, en même temps, j'ai eu l'impression qu'on redoublait de vigilance envers moi. Je sentais nettement qu'il se passait des choses que je n'arrivais pas à expliquer. Les ravisseurs étaient de plus en plus tendus.

Pendant la majeure partie de ma séquestration, j'ai été seul, à une exception près. Il m'est arrivé une fois de voir un autre prisonnier, qui portait un treillis et parlait l'arabe. À son accent, j'ai reconnu qu'il était originaire du Constantinois. Les quelques heures où nous avons été ensemble, je ne sais pas pourquoi, il ne m'a jamais adressé la parole. Cet homme – un gendarme – a été tué à dix mètres de moi. Je n'ai pas assisté à l'exécution mais j'ai entendu deux coups sourds et un cri étouffé. Par la suite, mes ravisseurs se sont vantés de cet assassinat, pour me faire peur ou pour m'impressionner, peut-être. Évidemment, ils y ont réussi. Juste avant de le tuer, ils lui avaient intimé de se prosterner devant eux et d'implorer le pardon de Dieu. Le gendarme a refusé en disant que cet acte ne pouvait lui servir à rien puisque de toute façon ils étaient décidés à l'exécuter. Les terroristes lui ont alors donné le choix de sa mort : « Tu veux qu'on t'égorge ? Qu'on te tire une balle dans la tête ? Ou qu'on utilise un fusil à canon scié ? » Le gendarme aurait dit : « Tuez-moi avec un poignard ou une balle, pas avec le fusil à canon scié. » Ils l'ont tué avec le canon scié.

« C'était un gendarme, un représentant du pouvoir. En tant que tel, il devait mourir », c'est ainsi qu'ils ont commenté son assassinat, comme pour se justifier auprès de moi.

Quelque temps plus tard, j'ai assisté à une punition collective sur l'un des jeunes du groupe, Sofiane. Âgé de vingt-deux ou vingt-trois ans, il avait participé directement à l'assassinat du responsable de la société d'assurance algérienne Azazga. Sa faute? Avoir mal transmis les ordres d'un groupe à un autre. Il avait, paraît-il, déformé les propos d'un «Émir». Le groupe a été réuni, moi y compris. Nous étions assis en cercle, Sofiane au milieu. Il avait reconnu sa culpabilité. À l'unanimité, il a été condamné à soixante coups de fouet. Le nombre de coups variant selon l'importance de la faute, c'est donc que la sienne était considérée comme assez grave. À défaut de fouet, les terroristes ont taillé un bâton. Pendant toute la durée de sa punition, Sofiane est resté debout. Les coups devaient être portés selon un rituel parfaitement déterminé : sans trop de violence, de façon méthodique, tout le long de la colonne vertébrale. Le corps ne doit être ni dénudé, ni trop couvert. À la fin de la flagellation, le dos est strié de longues marques rouges. J'ai su ensuite que chaque fois que l'un deux commettait une faute, le même sort lui était réservé. La loi islamique s'appliquait dans toute sa rigueur.

Les jours qui ont suivi mon procès ont été

6

extrêmement durs. À l'écart dans l'une des casemates, j'attendais. Chaque fois que j'entendais un bruit, je pensais qu'on venait me chercher pour m'exécuter. Au cours de cette période, nous avons dû changer de camp : un hélicoptère qui avait survolé la région risquait de nous avoir repérés. L'«Émir» du groupe a donc ordonné un transfert. Les déplacements s'effectuaient toujours le soir ou dans la nuit. Dès le signal du départ donné, les manœuvres étaient mises en route et vite terminées. On embarquait dans les camions ou des voitures volées nourriture, couvertures, réserves d'eau.

Chaque fois, la technique était identique. Pour se déplacer d'un endroit à un autre, les terroristes avaient besoin de voitures particulières. Ils procédaient de manière simple : dans des stations-service ou sur la route à l'entrée des villages, ils arrêtaient les conducteurs et leur tenaient toujours le même discours : «Nous avons besoin de ta voiture, nous ne te conseillons pas d'opposer la moindre résistance. Tu ne déclares pas le vol à la gendarmerie ou à la police et dans quelques heures tu retrouveras ton véhicule à tel endroit. » C'est généralement ce qui se produisait. Le propriétaire de la voiture volée retrouvait en effet son véhicule à l'endroit prévu, les clés et une somme d'argent sous le siège du chauffeur, « en dédommagement ». Les seules voitures qu'ils ne restituaient jamais étaient celles qui appartenaient à l'État ou à des entreprises nationales. Lorsqu'ils voulaient s'en débarrasser, ils les brûlaient.

Lors du transfert auquel j'ai involontairement participé, on m'a demandé d'attendre. Je suis resté caché sous un taillis pendant une heure environ, un bandeau sur les yeux, gardé par deux terroristes. La voiture est finalement arrivée et nous sommes partis. Après une route assez longue, le camp dans lequel nous nous sommes retrouvés était sensiblement identique au premier : même précarité, même saleté. J'ai recommencé à compter le temps, à guetter les bruits, les voix.

Lors d'un autre transfert, alors que nous attendions, à l'entrée d'un village, l'arrivée d'une voiture, je n'étais gardé que par un seul terroriste. Cette fois, je n'avais pas de bandeau. Soudain, j'entends un véhicule approcher. Un instant, j'ai pensé surgir du fourré où j'étais dissimulé pour essayer d'alerter les passagers. La force m'a manqué et je n'ai pas pu le faire. J'y ai souvent repensé et je l'ai beaucoup regretté. Oui, j'aurais dû faire cette tentative.

Un matin, après deux jours de pluie quasi ininterrompue, le soleil réapparaît. À cette occasion, mon gardien m'autorise à faire quelques pas à l'extérieur du camp. C'était formidable, je marchais, il faisait beau. Un moment de bonheur en plein cauchemar. Soudain, mon regard capte au loin une image fascinante et terrible à la fois, qui reste gravée dans ma mémoire. À deux cents mètres environ, un groupe de femmes se tenait sur le versant opposé de la montagne, parmi des moutons. Ces femmes, je les entendais, elles appelaient leurs enfants. Leurs voix résonnent encore dans mes oreilles. Cette scène de la vie quotidienne, simple et banale, dans un petit village kabyle, représentait pour moi un miracle.

Rebelle

Entendre des voix de femmes, des cris d'enfants, des rires, c'était comme si tout à coup un souffle de vie me revenait. Pour la première fois depuis mon enlèvement, j'étais à l'air libre et j'avais devant les yeux une image de vie. Moi qui étais plongé dans l'enfer, poursuivi par la mort qui rôdait autour de moi sans répit, je voyais là, juste en face, à portée de voix, le tableau de la vie. J'ai failli tenter le tout pour le tout. Je n'avais qu'un gardien, pourquoi ne pas essayer ? Deux cents mètres seulement nous séparaient. Deux cents mètres : la distance entre la vie et la mort. J'ai réfléchi à toute allure : je savais que j'aurais du mal à courir parce que j'étais affaibli et que ma jambe, dont l'état était aggravé par l'humidité du camp, me faisait souffrir. De plus, je ne connaissais pas du tout ce maquis. Je risquais de m'y perdre et dans ce cas, aussitôt retrouvé, aussitôt exécuté, j'en étais absolument sûr. Dans ma tête, j'étais déjà parti, mais en réalité je restais paralysé. La vie en face de moi, la mort à mes côtés.

Je voyais des oiseaux, les premiers depuis une semaine, et je me suis mis à rêver.

J'étais un oiseau. J'avais des ailes et je m'envolais loin de ce cauchemar où je n'avais que la mort en perspective. Je volais de cime en cime. Inaccessible aux balles des Kalachnikov. L'idée de liberté m'enivrait. Dans ma tête, tout se bousculait. Finalement, la raison s'est imposée et, avec elle, la résignation et la détresse. Je n'ai pas bougé. Ma mémoire garde encore intactes les heures terribles qui ont suivi ces images. D'une certaine manière, elles m'avaient permis de rêver, ce qui ne m'était pas encore arrivé.

Mais l'angoisse ne me lâchait pas. Les jours passaient sans rien apporter de nouveau, pas le moindre début d'espoir. Je me repliais sur moi-même, revisitant le film de ma vie. Je me parlais : « Lounès, tu es mort, tu vas mourir. De toute façon, avec tout ce que tu as enduré dans ta vie, tu es déjà mort. Qu'est-ce que tu peux attendre de la vie maintenant ? Tu as près de quarante ans. Tu as été blessé par balles, tu as reçu un coup de poignard. Combien d'années d'hôpital ensuite, combien d'opérations ? La mort pour toi, cela devrait être quelque chose de simple. Tu n'as aucune raison de la redouter... » Une sorte de double avait pris forme en face de moi. Je discutais avec lui : « Tu es préparé à l'idée de la mort, maintenant essaie de l'imaginer. » Je me suis mis à étudier toutes sortes de situations. J'imaginais qu'un poignard me tranchait la gorge et j'essayais d'anticiper ma réaction. « Je vais sûrement me débattre. Je ne suis pas très fort physiquement, mais je vais tenter de me défendre. » Et si on m'exécutait d'une rafale ? Je me voyais face au peloton. Non. Impossible à cause du bruit. Et me revint à l'esprit un reportage sur la guerre du Vietnam, tourné à Saigon. On voit un membre du Vietcong exécuté devant les caméras, en direct, d'une balle dans la tête. C'est peut-être ce qu'ils feront. C'est rapide et peu bruyant. C'est ce que je souhaitais ardemment.

Ces étranges conversations avec mon double m'ont beaucoup aidé. Elles m'ont permis de tenir psychologiquement, de m'accrocher, de ne pas sombrer complètement, malgré la tentation qui était grande,

parce que mon esprit continuait à fonc-
tionner.

Une fois de plus, nous avons dû nous
déplacer. Ces transferts me faisaient peur :
je craignais la réaction des gendarmes si
nous tombions sur un barrage. Cette fois-là,
ma crainte s'est confirmée. Il y a eu un
accrochage entre terroristes et gendarmes,
une fusillade, un affrontement qui a duré
longtemps. J'étais terrorisé et j'ai d'ailleurs
failli être tué. Plus tard, l'un des terroristes
m'a dit qu'il avait tiré vingt-sept balles avec
son fusil-mitrailleur. C'était un « Afghan »,
comme on appelle les intégristes algériens
entraînés en Afghanistan.

Lors de ce transfert, donc, on m'installe
dans une voiture volée, un bandeau sur les
yeux. On me prévient : s'il se passe quoi que
ce soit, tu enlèves le bandeau et tu te glisses
à l'extérieur de la voiture. Au premier coup
de feu, la voiture stoppe. J'arrache le bandeau, je sors et je me mets à courir. Un des
ravisseurs me rattrape aussitôt, m'entraîne
avec lui et nous roulons dans le ravin,
quelques mètres en dessous du cœur de la

fusillade. Pendant le temps qu'ont duré les tirs, aucun gendarme n'a exploré le ravin en contrebas. À la nuit tombée, le calme revenu, nous avons marché jusqu'à un village où nous avons attendu de nouveau un long moment. Je n'ai pas reconnu ce village. Je n'avais aucune idée du lieu dans lequel nous nous trouvions. Une voiture est arrivée, volée comme d'habitude. J'y suis monté, bandeau sur les yeux, et nous nous sommes retrouvés dans un nouveau camp. Ces multiples transferts, ces bandeaux qu'ils me mettaient systématiquement sur les yeux, toutes ces précautions ne signifiaient-elles pas qu'ils n'avaient pas décidé de me supprimer ? Il aurait été plus simple et moins dangereux pour eux de m'éliminer une fois pour toutes. L'espoir, une fois de plus, a commencé à renaître en moi.

Pourtant le GIA, je le connaissais comme tout le monde. Chaque jour, depuis maintenant plus de deux ans, la presse relate leurs actions, toujours plus violentes et plus meurtrières. Partout dans le pays, ces extrémistes imposent leur loi par les armes. Un seul mot d'ordre : tuer. Des hommes, des femmes et même des enfants meurent chaque jour, victimes du fanatisme. Et, certains jours, l'horreur n'a même plus de limite. Depuis ma libération, on m'a rapporté le cas de ces deux jeunes filles de Blida, Zoulikha et Saïda, que l'on a voulu marier «temporairement», de force, à des intégristes. L'une, âgée de vingt et un ans, était étudiante. L'autre avait quinze ans et était lycéenne. Les deux sœurs, la mère, le père et l'un des fils ont été enlevés après le refus des deux jeunes filles de se soumettre. Elles ont été retrouvées début novembre près de Blida, égorgées. Le corps de la mère a été découvert quelques jours plus tard, elle aussi égorgée. Le père et son fils ont été libérés. Que reste-t-il aujourd'hui à ces deux hommes? Quel avenir? Trois femmes ont été égorgées pour l'exemple, parce qu'elles avaient dit NON. Cette famille est détruite. Lorsque la barbarie atteint une telle ampleur, que peut-on espérer? Ces femmes qui ont eu le courage de se battre, de réagir, de résister, sont maintenant des prénoms devenus des exemples pour nous tous.

Combien d'enfants ont été tués, parfois en face de leur école, devant tous leurs camarades, parce qu'ils étaient fils ou filles de gendarmes, ou de policiers ?

Les intellectuels, les journalistes ont été les premières victimes d'une violence qui frappe aujourd'hui tout le monde. On leur reprochait de penser, de réfléchir, de s'exprimer comme des esprits libres, malgré l'horreur où leur pays s'enfonce un peu plus chaque jour. Ils avaient foi en leurs concitoyens. La barbarie les a fauchés. Aujourd'hui tous ceux qui refusent de dire OUI et de se soumettre sont victimes de ce terrorisme. Les étrangers, toutes nationalités confondues, parce qu'ils représentent une force économique ou politique, sont assassinés. La liste ne cesse de s'allonger un peu plus chaque jour. On a parlé de soixante, soixante-dix assassinats par jour en Algérie. Les chiffres sont sans doute largement sous-estimés. Personne ne connaît l'étendue des ravages ni l'exacte réalité des atrocités commises par ces groupes terroristes. Le saura-t-on jamais, d'ailleurs ? Depuis qu'ils ont commencé « leur guerre » plus de dix mille personnes, au moins, ont été tuées sur l'ensemble du territoire algérien. Ces chiffres ont été rendus publics. Je ne parle pas des milliards perdus : les destructions d'usines entraînent la mise au chômage forcé de milliers d'hommes et de femmes. D'autres ne vont plus travailler parce qu'ils ont peur d'être égorgés. Combien d'enseignants, des femmes le plus souvent, ont dû arrêter de travailler parce qu'ils étaient directement menacés ? Depuis la dernière rentrée scolaire, le français et la musique ont été « interdits » par le GIA dans plusieurs régions et notamment à Blida, l'un de leurs fiefs. Plus question non plus pour les filles de participer à des cours de gymnastique, puisque le corps doit être caché. Une fillette, une adolescente, ne doit pas s'exposer aux regards. Quel courage il faut aux enseignants pour continuer, malgré les menaces, à faire leur métier ! Pour tous ceux qui bravent les interdits, le message du GIA est sans ambiguïté : la mort.

Les islamistes ont réussi à faire de la terreur et de l'horreur le quotidien des Algériens. Plus personne aujourd'hui en Algérie ne peut s'estimer à l'abri de leur action. Je le savais avant mon enlèvement, et je l'ai vécu quotidiennement pendant quinze jours : ces hommes ont le culte de la mort. Je dirais même qu'ils ne vivent que par cela, pour cela.

Il y a pourtant, pour eux, une sorte de hiérarchie dans l'acte de tuer. Leur première cible est le pouvoir, tout ce qui représente le pouvoir, parce que c'est le pouvoir qui les a privés de leur victoire électorale. Puis, à niveau égal, tous les opposants, les démocrates, les tenants de la laïcité, de la démocratie. Et les femmes, toutes celles qui refusent de porter le *hidjab*, qui refusent la soumission. Enfin, plus généralement, tous ceux qui pensent.

Les intégristes n'ont pas peur de mourir, ils sont totalement déterminés. J'ai vu la façon dont l'« Émir », celui du groupe ou celui de la wilaya, leur parle. Il les galvanise, il les harangue. Chacune de ses phrases est abondamment ponctuée de versets ou de références au Coran. Il n'est pas de discours sans que le nom de Dieu ne soit évoqué. Pendant que l'« Émir » parle, les troupes attendent, écoutent, boivent les paroles du maître. Celui-ci est d'autant plus respecté qu'il est toujours le premier à vouloir mourir. Il montre la voie aux autres, qui le suivent dans une foi aveugle.

Que le nom de Dieu soit évoqué oralement ou par écrit, et les fanatiques perdent toute notion des choses. Par exemple, ils m'ont raconté un événement qui en donne la mesure : au cours de la campagne électorale de 1991, lors d'un meeting, le FIS avait fait installer un hologramme dans le stade du 5-Juillet à Alger. Il projetait dans le ciel la phrase «*Allah Akbar*, Dieu est grand ». Tous les jeunes du groupe, sans exception, étaient persuadés que c'était la main de Dieu qui avait calligraphié cette inscription. Personne ne m'a cru lorsque j'ai expliqué que c'était un phénomène de rayon laser. Je n'ai pas insisté.

Leur objectif, c'est d'établir la République islamique. Pour leur idéal ils sont prêts à tout, y compris à la mort qui ne leur fait pas peur. Je dirais même qu'au contraire ils l'appellent. Le soir, lorsqu'ils sont réunis, ils ne parlent que d'elle. L'« Émir » les pousse à tuer. S'il le faut, dit-il, il sera le premier à mourir. Tout ce qui est ennemi de Dieu, *taghout*, doit être éliminé. La mort est devenue, dans leur idéologie, un véritable culte. Au cours de la prière, par exemple, ils choisissent les versets du Coran dans lesquels on parle le plus de la mort. Ils les psalmodient d'une même voix.

Je me souviens, à ce propos, d'un jour où j'ai eu très peur, parce que mes ravisseurs avaient choisi de faire leur prière juste devant moi. Lorsque quelqu'un meurt, avant de le porter en terre, on se place devant le corps et on prie. C'est une tradition chez nous, en Kabylie. Ce jour-là, je me suis dit que si cette prière m'était destinée, c'est qu'elle annonçait ma fin prochaine. Je leur ai demandé la raison pour laquelle ils s'étaient regroupés devant moi. Ils m'ont affirmé que je n'étais pas visé. J'avoue n'avoir été qu'en partie convaincu : ce système d'intimidation leur était familier.

Comme dans une secte, ils sont conditionnés à l'extrême. On exacerbe leur haine. On les prépare à cette mort, finalité de leur existence. L'accès au paradis, bonheur suprême, se mérite et plus ils tueront, plus ils auront de chance de l'atteindre. Le discours est d'une effroyable simplicité. Et il fonctionne parce qu'on s'adresse à des jeunes perdus, la plupart du temps sans éducation. Des jeunes qui n'attendaient plus rien de la société et que l'on a recrutés dans les mosquées. Le discours n'a rien de politique. Il ne s'appuie pas sur une doctrine particulière. Il n'a pour fondement que l'islam et pour seule référence le Coran. La démocratie, la musique, c'est *kofr*, impie. Dieu a dit. Le Prophète a dit... À chaque phrase, les mêmes paroles reviennent, toujours identiquement martelées.

Ils avaient une radio, pour les informations. Mais comme nous étions la plupart du temps au fond des ravins, on avait du mal à capter les émissions. Si par hasard on réussissait à trouver une station, ils coupaient immédiatement sitôt qu'une chanson était diffusée. Une chanson, un passage musical ou quelques notes de musique annonçant une émission, et la radio était irrémédiablement fermée, quitte à ce qu'ils manquent les informations qu'ils suivaient pourtant avec beaucoup d'attention.

Lorsque l'« Émir » évoque la mort, c'est toujours en des termes très doux. Le paradis n'est que miel, torrents de lait, sucre. La mort au *djihad* ouvre grand l'accès à des plaisirs enfin permis. Ils se désignent eux-mêmes sous le nom de Moudjahidin, les combattants. Sur terre, une seule chose les préoccupe : tuer au nom de Dieu. Tout le reste est défendu. Ils n'ont droit à aucun plaisir. Mais le paradis les libérera de tous les interdits. Tout ce qui leur a toujours été refusé va enfin devenir possible. Il faut donc exciter leur imagination dans cette attente. Lorsque l'un d'eux est blessé dans une embuscade et sur le point de mourir, c'est là qu'ils deviennent le plus éloquents. Ils m'ont raconté qu'au commissariat de Michelet, l'un des leurs avait été gravement atteint au cours d'une fusillade qui les avait opposés pendant plusieurs heures aux policiers. Ils ont réussi à l'emmener et à le transporter au camp. Amirouche, c'est le nom de guerre de celui qui avait été blessé, était mourant. Sentant qu'il vivait ses derniers instants, l'« Émir » ne cessait de lui parler, très doucement : « Tu dois être heureux, ne t'inquiète pas, tu es en train de te rapprocher de Dieu. Tu seras à ses côtés dans peu de temps. Tout ce que tu as souhaité dans ta vie va enfin se réaliser. » Amirouche, pourtant, ne semblait pas très convaincu. L'« Émir » a enchaîné en racontant tout ce qui l'attendait à son arrivée au paradis, et qu'il méritait parce qu'il était mort en martyr. « Une odeur se dégage déjà de ton corps. Tu exhales un parfum indescriptible car le paradis s'approche de toi. Tu vas voir : là-bas, les femmes sont belles. Avec une goutte de leur salive, elles créent des océans de parfum. » Il est mort quelques instants plus tard et a été enterré près de Michelet. Mort en héros, les armes à la main, vanté par tout le groupe pour son courage, il a aussitôt obtenu le titre de martyr. Chaque fois que l'un d'entre eux meurt au *djihad*, en combattant et tuant les « mécréants », le paradis lui est assuré. À lui, mais aussi à soixante-dix personnes de sa famille.

De la même façon, lorsque quelqu'un décide de se rapprocher de Dieu, de se repentir, et qu'il embrasse profondément la religion musulmane, le paradis est pour lui aussi, quels que soient ses éventuels crimes passés.

Grâce à ces notions élémentaires et simplistes, les intégristes recrutent facilement dans les milieux criminels. Je m'attendais à de grands discours, construits, structurés. J'imaginais de longues séances autour du « responsable » politique du groupe. Rien. Ils n'ont qu'un mot à la bouche : tuer. À plusieurs reprises, ils ont évoqué les assassinats commis contre des étrangers. Les puissances étrangères prêtent main forte au pouvoir algérien. Il faut donc faire pression pour que leurs représentants quittent le pays. Chaque assassinat est revendiqué avec enthousiasme. Ceux des ressortissants français comme les autres. « On a tué un mécréant, *taghout*. Mais qu'est-ce qu'ils foutent en Algérie ? » voilà ce que l'on peut entendre lorsqu'un nom vient s'ajouter à la liste des victimes. Aucune nationalité n'a été épargnée jusqu'à présent. Sauf peut-être les Américains, dont je pense qu'ils ont dû tous suivre les consignes de leur gouvernement et quitter le pays.

Pendant ma détention, j'ai entendu plusieurs récits plus effarants les uns que les autres. Par exemple, des bombardements de villages auraient eu lieu à Jijel, zone considérée comme un fief intégriste. Les avions auraient été des Mirage français, que l'on avait reconnus parce qu'une cocarde tricolore était peinte sur le fuselage... Bourrage de crâne, manipulation, tous les moyens sont bons pour pousser au meurtre.

Mais l'un de leurs plus grands bonheurs, c'est d'assassiner des représentants des forces de l'ordre. Avec force détails, l'un d'entre eux m'a raconté comment l'« Émir » du groupe avait obtenu sa Kalachnikov, arme qu'il convoitait depuis de nombreuses semaines. Ils étaient une trentaine ce jour-là à tendre une embuscade. Ils décident de donner l'assaut aux 4x4 Nissan des gendarmes, que l'on reconnaît facilement car ils sont peints en vert et blanc. Attaque surprise, évidemment, et les gendarmes trop peu nombreux n'ont pas pu résister longtemps. L'un d'eux, gravement blessé, était couché sur le dos, sa Kalach à côté de lui. L'« Émir » n'avait plus de balle dans son fusil. Il lui crie : « Rends-toi, rends-toi!» Le gendarme lâche sa Kalach pleine de sang. L'«Émir» s'en empare aussitôt et, minutieusement, vide le chargeur sur le gendarme, en commençant par les jambes pour remonter jusqu'à la tête. «Sous l'impact des balles, le corps du gendarme rebondissait comme un ballon et dégoulinait de sang.» Un ballon, c'est l'image utilisée par mon gardien pour me décrire la scène. Il y avait dans sa voix une satisfaction certaine : «*Taghout*, l'ennemi de Dieu, nous l'avons tué.» Toujours ce mot, que j'ai entendu des centaines de fois. Ils n'avaient que lui à la bouche. Lorsque Rabah Stambouli a été assassiné, c'est le groupe qui me détenait qui a revendiqué le meurtre. Encore un ennemi de Dieu qu'ils se réjouissaient d'avoir tué. Pour eux, ce sociologue, professeur à l'université de Tizi Ouzou, militant du Rassemblement pour la culture et la démocratie, «détruisait dans ses écrits et son enseignement la religion musulmane, falsifiait la vérité coranique». Rabah Stambouli était un démocrate, un militant, un vrai résistant.

Le groupe ne fonctionne pas selon une hiérarchie particulière. Pour être « Émir », c'est assez simple : il faut avoir beaucoup tué. Ils revendiquent eux-mêmes un fonctionnement différent de celui de l'armée, parce que chez eux il n'y a pas de grade. Et aussi parce que les « responsables » sont toujours en première ligne. Ils en tirent d'ailleurs une certaine fierté. S'il faut trouver une raison qui distingue l'« Émir » des autres, c'est sa parfaite connaissance du Coran. Il ne s'agit pas d'en connaître par cœur les versets, il faut savoir répondre à n'importe quelle question concernant l'islam. Il faut savoir diriger les prières. L'« Émir », pour eux, est l'incarnation du courage, c'est pourquoi il doit être respecté. Ses ordres ne sont jamais contestés. C'est lui qui organise les opérations sur le terrain. Le responsable du groupe qui me séquestrait n'avait pas plus de vingt-cinq ans et il dirigeait des jeunes de dix-huit, vingt ans.

C'est peut-être cela qui étonne et terrifie le plus : leur jeunesse. Certains sont presque encore des enfants, parfois des mineurs. Dans le groupe qui me détenait, il y avait deux binationaux. L'un était Marocain, il avait dix-sept ans, il était gentil, un peu paumé. L'autre était algéro-français, il n'avait même pas dix-huit ans. Son français était parfait. À son accent, je suppose qu'il devait venir de la région parisienne. Il m'a raconté qu'il avait été «recruté» en France dans les mosquées. Il avait étudié le Coran et s'était laissé persuader que sa place était en Algérie, son pays. La France ne représentait pas l'avenir. Le sien était de défendre les valeurs auxquelles il commençait à croire, de préférence les armes à la main. Le *djihad* était la seule solution. Il a donc rejoint le maquis. Chaque fois que les autres parlaient de lui, c'était pour le citer en exemple. «Regarde, disaient-ils, il a tout quitté pour nous rejoindre. Il aurait pu avoir la vie facile, il était étudiant. Avec sa double nationalité, il pouvait faire beaucoup de choses. Il a préféré venir nous retrouver. C'est un véritable Moudjahid.» Moi, je voyais un gosse. Mais le pire, c'est que je le sentais parfaitement capable de tuer de sang-froid. Malgré son âge, il n'aurait pas hésité. Il n'avait pas encore d'assassinat à son actif, je le savais, mais cela ne tarderait pas. Que se passait-il dans sa tête ? Quelles étaient ses motivations ? Avec ses papiers français, que pouvait-il rechercher au sein du GIA ? Comme il parlait peu, je n'ai jamais pu aborder ces questions avec lui.

Dans ce groupe, il y avait aussi l'ancien ami dont j'ai déjà parlé, le judoka, qui avait assisté à mon procès. Je crois qu'il est intéressant de revenir sur son histoire afin de comprendre ce qui a pu le pousser à rejoindre les terroristes.

Ce judoka appartenait, il y a quelques années, à la Jeunesse sportive kabyle, section judo, le grand club sportif de Tizi Ouzou. Je ne reviens pas sur ses résultats sportifs. Il avait bien sûr des convictions religieuses, mais surtout il s'est senti trahi par les dirigeants de la JSK. Alors que d'autres, moins performants que lui, obtenaient toutes sortes de privilèges de la part du club, lui n'avait rien. Or, avec les résultats qu'il avait, il estimait qu'il méritait d'avoir un appartement. Lorsque l'on connaît les difficultés de logement en Algérie, on sait

Rebelle

combien ce type d'avantage est précieux. Il s'est donc estimé lésé lorsqu'il s'est rendu compte que d'autres sportifs obtenaient des appartements, des lots de terrains à bâtir ou des locaux commerciaux, le tout avec la bénédiction des autorités locales.

Pour trouver un appartement, il a dû s'installer à Chamlal, un fief intégriste. Il faut dire qu'à l'époque, il était déjà proche des milieux islamistes. Un soir, les gendarmes décident d'effectuer une perquisition chez lui. Ils le font sortir du lit, lui passent les menottes et l'emmènent. Il avait demandé à parler un instant à sa femme qui était enceinte. Les gendarmes ne lui en ont pas laissé le temps. Prise de panique, sa jeune femme a fait une fausse couche. Lorsqu'il a été relâché, il est allé directement rejoindre le maquis.

Je le connais, je pense qu'il était « récupérable », mais on n'a rien fait pour lui. Si on l'avait traité différemment, il n'en serait pas là. Aujourd'hui, il est évidemment condamné à mort et recherché. Pendant toute ma détention, il n'a jamais essayé de se rapprocher de moi. Il est devenu très sûr de lui et

229

très dur. Alors que je comptais sur son aide au nom de notre ancienne amitié, il n'a rien tenté. Rien ne peut plus le faire fléchir, ses convictions sont inébranlables. Pourtant, comme les autres, il est très jeune. Il était même parmi ceux qui étaient venus chez moi m'apporter le message du GIA adressé au Mouvement culturel berbère. Quel gâchis !

Une grande partie du temps des « combattants » est consacré à la prière, un rituel toujours très bien orchestré. La première a lieu à cinq heures du matin. L'après-midi, il y en a deux, et le soir deux autres. Et les incantations répondent aux pleurs. Il faut pleurer beaucoup. Avec ferveur : ces larmes prouvent que le croyant a atteint la foi suprême et qu'il est prêt à mourir. Tous attendent cette mort avec une certaine impatience.

Leur niveau d'instruction est généralement limité. Certains devaient être à la rue, sans travail, souvent sans profession et sans véritable formation. Ils sont souvent issus de milieux défavorisés, fils de familles nombreuses. Proies faciles, endoctrinés via la mosquée, ils ont rejoint le maquis. Le pouvoir en porte la responsabilité. Je dirai que ce sont pour beaucoup des jeunes paumés, des exclus, victimes d'un système qui n'a jamais réussi à les intégrer. Un système fondé sur la corruption, la faillite, le gâchis. Lorsque des voix se sont élevées dans des mosquées pour dénoncer ce régime, ce sont eux qui ont écouté. Les choses paraissaient simples, ils ont suivi. On a profité de leur faible bagage, de leur désarroi social pour les recruter. Aujourd'hui on les retrouve dans le maquis.

L'un d'eux m'a raconté qu'il avait cinq frères. Tous ont rejoint le maquis. L'aîné est né en 1970. Les autres en 1972, 1973, 1974 et 1975. Un a été condamné à dix ans de prison. Deux sont morts dans un accrochage avec la gendarmerie à Ath Yenni. Les deux derniers sont actifs dans le maquis. De la façon la plus naturelle du monde, il m'a appris qu'il avait encore deux frères, plus jeunes. «Dès qu'ils auront l'âge, un coup de pied aux fesses, et direction le maquis et le *djihad*.»

Parmi les intégristes que j'ai pu rencontrer, à mon avis quatre-vingts pour cent étaient kabyles, ce qui n'a constitué qu'une demi-surprise pour moi. Je connaissais l'existence des maquis en Kabylie. À plusieurs reprises, des amis politiques m'avaient mis en garde : «Attention, tu risques d'être leur prochaine victime.» Je n'avais pas voulu y prendre garde. Mais je crois qu'il est important d'insister sur ce point essentiel : leur stratégie est fondée sur la terreur et la menace. Plus ils feront croire qu'ils sont puissants et bien structurés, plus la peur qu'ils tentent de faire peser sur les villages sera grande. Ils exercent une pression : à nous de la contrecarrer. Si l'on ne fait pas rapidement tout pour les arrêter, il est évident qu'ils s'engouffreront dans la brèche qu'ils sont en train d'ouvrir. Ils se développeront. Il y a urgence, nous avons le devoir de réagir rapidement. On se rend compte déjà qu'ils bénéficient de soutiens dans certains villages. Un jour, j'ai vu l'un d'eux revenir avec vingt boîtes de lait en poudre. Théoriquement, lorsque quelqu'un achète une pareille quantité de lait, il attire nécessairement les soupçons, surtout lorsqu'il n'est pas connu dans le village. On peut acheter, deux, trois boîtes ; pas vingt. Pourtant, personne n'a rien dit cette fois-là. Par complicité, ou peur de représailles.

Il est également de notoriété publique qu'un certain nombres de familles puissantes de Tizi Ouzou aident et coopèrent volontiers. Je ne parle pas de racket, je parle de coopération volontaire.

À part le lait que nous avons eu ce jour-là, le reste du temps la nourriture était absolument infecte. En fait, les terroristes utilisent tout ce qu'ils peuvent récupérer. La plupart du temps, ils volent. Le jour de mon enlèvement, ils avaient volé de la viande congelée dans le bar qu'ils avaient attaqué. Au bout de quelques jours, la viande avait commencé à pourrir en dégageant une odeur atroce. Elle se décomposait, elle attirait des nuées de mouches. Eux la mangeaient en ajoutant beaucoup de sel. Je n'ai pas pu y toucher.

Comme ils avaient également volé un camion de beurre, il y avait des cartons de beurre partout dans le camp. Personne ne savait quoi en faire. Moi, je mangeais du thon en boîte ou des sardines, des galettes qu'ils faisaient eux-mêmes, des pâtes ou du riz. Pour cuire les aliments, il fallait toujours faire attention, la moindre fumée pouvant les faire repérer. Ils allumaient leurs feux au fond des ravins.

Quant à l'hygiène, elle est épouvantable. En quinze jours de détention, je ne me suis pas lavé une seule fois. Je ne parle même pas de douche, mais d'une simple toilette superficielle. Je n'y ai jamais eu droit. Je ne me suis pas changé non plus : j'ai été libéré avec les vêtements que je portais lors de mon enlèvement. Comme j'avais des diarrhées quasi permanentes, j'ai dû me débarrasser de mon slip. À ma libération, je suis rentré chez moi couvert de croûtes, d'une saleté repoussante. J'avais des lentes et des poux. Indescriptible. Les conditions d'hygiène sont évidemment rigoureusement les mêmes pour eux. Jamais de douche. J'imagine pourtant qu'ils doivent se laver de temps en temps, sinon comment la cohabitation serait-elle supportable ? Ils ne changent que rarement de vêtements. Mais il faut se dire aussi que ces nécessités corporelles, la toilette par exemple, ne constituent pas une

préoccupation essentielle. Le *djihad* d'abord.
Leur combat, apparemment, leur suffit.
L'hiver qui s'annonce – et il est souvent
rigoureux chez nous – ne les effraie pas.
Bien au contraire. « L'hiver, l'ennemi ne
s'aventure pas dans la montagne. »

Une autre surprise qui m'attendait pendant ma séquestration fut de voir le peu
d'armes dont ils disposaient. Je pensais
qu'ils croulaient sous les réserves de muni-
tions. Pas du tout. Leurs armes sont
anciennes. Certaines datent même de la
guerre d'Indépendance ou ce sont de vieux
fusils de chasse. On pense – la population
kabyle pense – qu'ils disposent d'un véritable arsenal. Ce n'est pas vrai. Il y avait
environ trente intégristes dans le groupe qui
me détenait, parfois un peu plus, parfois un
peu moins, selon les mouvements. En
quinze jours, j'ai vu passer devant mes yeux
des fusils de chasse, des fusils à canon scié,
des fusils à deux coups, d'autres à cinq
coups, trois pistolets automatiques et seulement trois Kalachnikov, deux avec une
crosse pliante, une avec la crosse en bois.

Lorsque l'on fait le compte, on s'aperçoit que c'est très peu par rapport à leur nombre et au type d'opérations qu'ils mènent. L'arme absolue pour eux, c'est évidemment la Kalachnikov, et pour l'obtenir, il n'y a que deux solutions : soit la prendre à un gendarme après l'avoir tué, soit mener des opérations contre des casernes et voler dans les stocks de l'armée. Chaque fois qu'ils peuvent récupérer une arme quelque part, ils s'en vantent. Il s'agit d'une véritable prise de guerre. Mais en aucun cas, et j'insiste là-dessus, ils n'ont le niveau d'instruction et d'équipement qu'on leur prête. Concernant les armes, c'est d'autant plus important que l'on imagine, à tort, qu'ils sont capables de mener des opérations de grande envergure. À l'heure actuelle, j'ai pu le constater de mes propres yeux, ce n'est pas possible.

De la même façon, leur niveau de conscience politique et leur discours sont très faibles. Tout est fondé sur le Coran. Ils n'ont que le Coran en tête, leurs paroles se limitent à quelques phrases répétées à longueur de journée : « *Allah Akbar* », Dieu est Grand, « *Macha Allah* », ce que Dieu aime.

Avec *taghout*, mécréant, ennemi de Dieu, ce sont les formules que j'ai entendues le plus grand nombre de fois. À l'exception du Coran, rien n'existe. Leur temps libre est occupé à deux activités : lire le Coran ou écouter des cassettes du Coran. Leurs maîtres à penser sont évidemment Abassi Madani et Ali Belhadj, avec peut-être une préférence pour ce dernier, à qui ils vouent un véritable culte. Une admiration sans faille.

L'un d'entre eux, Mohamed, jeune Algérois typique, m'a raconté qu'il suivait Belhadj partout lorsque celui-ci officiait dans les mosquées d'Alger. Il était présent à chacun de ses prêches. Pour rien au monde il n'en aurait manqué un. Lorsque le FIS a été dissous, en 1991, il a choisi la clandestinité, disant à son père, le jour où il a rejoint le maquis, qu'il partait pour l'Espagne. Lui, comme les autres, a hâte de mourir. Il n'attend même que cela.

En l'écoutant, je me disais que c'était dramatique ; pour tous ces jeunes embrigadés, parce que aucun choix ne leur était proposé, aujourd'hui, il est trop tard. Ils ont une foi diabolique, ils sont complètement envoûtés et, je le crains, irrécupérables.

Le FIS et le GIA font partie d'une même famille, d'un même combat, ils le disent clairement. Cependant, le GIA n'hésite pas à insulter les représentants du FIS à l'étranger – par exemple, Rabah Kebir, aujourd'hui en Allemagne, ou Anouar Haddam, réfugié aux États-Unis –, les traitant de lâches et de traîtres parce qu'ils ont quitté le pays alors que d'autres continuent à se battre sur le terrain. Ceux qui ne rejoignent pas le maquis ne sont pas dignes de foi et ne doivent pas se réclamer de leur mouvement, telle est leur conviction : « La République islamique se mérite. Dieu est notre guide, c'est lui qui nous a amenés au maquis. »

L'objectif du GIA est on ne peut plus clair : il s'agit d'imposer au pays, par tous les moyens, la République islamique. À l'Algérie tout entière, donc aussi à la Kabylie, bastion de la résistance qui doit impérativement rentrer dans le droit chemin. Pour eux, depuis deux ans, la Kabylie s'égare : les bars restent ouverts le soir, on y boit de l'alcool, on y écoute de la musique. Des gens comme moi sont à leurs yeux responsables de ce qu'ils appellent la « dégradation des mœurs ». Le public qui m'aime, me suit et m'écoute s'écarte de Dieu. Il est urgent de remédier à cet état de choses et j'ai moi-même un rôle à jouer dans cette entreprise : être leur messager, expliquer à la population kabyle leurs convictions, leurs objectifs.

La première fois qu'ils m'ont tenu ce discours, je n'y ai pas cru. Ils m'avaient préparé les déclarations que j'étais censé transmettre à la population : les villageois devaient renoncer à s'armer et à mettre en place des comités de vigilance, sous peine de violentes représailles. Il fallait cesser de les harceler et de les traquer car leur objectif était de discuter. Sinon, ils auraient recours aux armes. La menace était claire. Je me souviens d'une phrase, notamment, prononcée lors de mon procès : « Si les comités continuent leur action, si on nous empêche de pénétrer dans les villages, on tuera tout le monde. »

Moi, je ne répondais pas. Comment aurais-je pu leur dire que, justement, ces comités sont le seul rempart que nous avons contre eux et contre leur violence? La Kabylie a fait ce que le pouvoir n'a pas su faire, elle a pris les armes pour repousser le terrorisme. Nos positions, nos convictions étaient, par définition, radicalement opposées. Je ne pouvais pas envisager une seconde qu'ils me rendraient la liberté.

Et pourtant, j'ai été relâché dans la nuit du 10 octobre. Deux jours plus tard, ils m'ont effectivement chargé d'un message qu'on est venu m'apporter chez moi. Trois jeunes, dont le judoka, se sont présentés à l'entrée de mon village au petit matin. Trois jeunes appartenant au groupe qui m'avait enlevé et retenu pendant quinze jours. Ils sont arrivés tranquillement et repartis de même, sans avoir été inquiétés le moins du monde. Ce message, qui tient sur une page et porte le tampon officiel du GIA, je m'étais engagé à le transmettre. Je l'ai fait.

Que dit ce texte? Que les intégristes ne sont pas des assassins, qu'ils veulent simplement établir la République islamique. Ils demandent aux Kabyles de mettre un terme à leur opposition et aux comités de vigilance de déposer les armes. Plus d'effusion de sang. D'ailleurs, ils ne souhaitent pas interdire Tamazight à l'intérieur de la République islamique. Mais le voile doit être porté dans toute la Kabylie. Il faut fermer les bars, interdire l'alcool. Le devoir des Kabyles est de respecter le Coran qui seul pourra les sauver. Puisqu'ils se battent contre l'État, les Kabyles ne doivent pas les combattre. En fait, ils prêchent pour l'islamisation pure et simple de la Kabylie.

J'ai reçu le message en trois exemplaires. J'en ai gardé un. J'en ai remis un à Ould Ali el-Lhadi, un des responsables de la coordination nationale au sein du Mouvement culturel berbère. Le dernier exemplaire a été transmis à Saïd Khelil, secrétaire général par intérim du Front des forces socialistes et qui représente les commissions nationales au sein du MCB. À ce jour, le texte n'a toujours pas été rendu public.

Quant à moi, à mon combat, il n'y a pas d'ambiguïté : je continue. Ce ne sont pas ces quinze jours d'enfer qui me feront céder. Pendant ma détention, j'ai effectivement annoncé que je me retirerais. Ces propos ont même été enregistrés sur magnétophone, les cassettes le prouvent. Mais je jouais ma vie. J'ai promis, en effet, d'arrêter de chanter et de monter un commerce, même sans l'aide financière qu'ils me proposaient.

Aujourd'hui, je l'affirme, je le crie. Rien ne pourra me faire taire. Je continuerai à dénoncer l'inadmissible. Je pense aux miens, à mon public, aux gens que j'aime. C'est pour eux tous que je me bats, et j'assume totalement mon combat. Je ne changerai pas un mot de ce que j'écris.

Il faut savoir ceci : le jour où j'ai été enlevé, à l'instant où mes ravisseurs me poussaient dans ma propre voiture, j'étais mort. Pendant quinze jours, je n'ai rien espéré, je savais la haine qu'ils éprouvaient envers moi, je n'avais quasiment aucune chance de m'en sortir vivant. Des centaines de fois, j'ai imaginé la scène de mon assassinat. Des centaines de fois, j'ai vécu ma mort. Pendant quinze jours, j'ai voyagé au bout de l'horreur, je ne crains plus rien.

Tuer, tuer, ce mot a résonné quotidiennement, à m'en rendre presque fou. Eh bien, qu'ils le sachent : ils ont réussi, si c'était pos-

sible, à renforcer ma détermination. Je por-
terai mon combat encore plus loin. Je me
battrai encore plus fort.

Au fond du cauchemar, je n'ai connu que
deux moments heureux. Le premier, ce fut
la vision de ces femmes, un jour de soleil,
qui représentaient la vie. Une bouffée de
bonheur. Le second, c'est l'instant où, après
un nouveau transfert, on m'a enlevé le bandeau que je portais : je me suis retrouvé
dans ce café, libre.

Depuis plusieurs jours, en effet, ils parlaient de me libérer. Il était beaucoup question du fameux message, apparemment
essentiel pour eux. Indiscutablement, les
choses étaient en train d'évoluer. Pourquoi?
Comment? Je ne le savais pas, mais moi,
j'avais du mal à croire à cette libération.
J'avais été jugé, condamné à mort. Les jours
qui avaient suivi mon procès, on continuait
de me reprocher mes chansons et mon
engagement, on me traitait de mécréant,
d'ennemi de Dieu. À plusieurs reprises, on
avait mentionné mon passage sur Arte où,
au cours d'une émission spéciale consacrée

à l'Algérie, j'avais déclaré que je n'étais ni arabe ni obligé d'être musulman. Avaient-ils vu l'émission? Sans doute pas, mais mes propos leur avaient été rapportés et cette seule phrase suffisait à me faire condamner à mort. Ma libération était impensable.

Il était assez tôt, ce jour-là, lorsque une fois de plus, on me poussa dans une voiture. Sans un mot, sans une explication. La veille, j'avais entendu parler de libération, sans y croire une seconde. Jamais jusqu'à ce jour ils n'avaient libéré un otage. Jamais ils ne laissaient de trace derrière eux. Et je serais le premier?

Nous avons roulé une grande partie de la journée. Puis nous nous sommes arrêtés, et on m'a ôté le bandeau. Nous étions à Ath Yenni. J'ai vu le village, le café maure, des gens partout. Soudain, j'ai pris conscience de la réalité. Un bonheur intense m'a envahi. Oubliée, la fatigue. J'avais l'impression de renaître. J'étais vivant. Et je retrouvais enfin les miens.

À l'intérieur du café, les cris de joie faisaient un brouhaha énorme. Trois terroristes étaient entrés avec moi, arme au poing. Ordonnant aux clients de ne pas bouger, ils ont ramassé toutes les pièces d'identité, déchiré les jeux de cartes, confisqué les dominos éparpillés sur l'une des tables. Et nous avons entendu ces paroles inouïes : « Nous sommes le GIA. C'est nous qui avons enlevé Matoub. S'il lui arrive quelque chose à partir de maintenant, c'est vous qui en serez responsables. Jusqu'à ce qu'il rentre chez lui, vous répondez de cet homme. »

J'étais abasourdi. J'ai demandé un café. Comme il n'y avait pas de téléphone, j'ai donné mon numéro à quelqu'un qui est allé prévenir ma famille. Malgré mon épuisement je n'avais qu'une envie : serrer dans mes bras ma mère, ma sœur, ma femme, mon père. Autour de moi, les gens riaient, pleuraient, c'était la fête dans le café. On voulait que je reste dormir sur place car il était déjà tard et la route qui me séparait de mon village assez longue. J'ai refusé. Je voulais absolument, malgré la fatigue et les kilomètres, rentrer tout de suite à la maison.

Pendant qu'on me raccompagnait, chez moi, les villageois étaient arrivés de toutes parts, la foule grossissait à vue d'œil devant

ma maison. Sans savoir encore si ma libération était réelle, la fête avait commencé bien
avant mon arrivée. À Tizi Ouzou – on me l'a
raconté plus tard –, les rues étaient en folie,
les gens chantaient, criaient. Certains tiraient
des salves de joie. Les femmes hurlaient
et lançaient leurs youyous. Des magnéto-
phones, des amplis ont été installés sur les
balcons : de partout, on n'entendait plus que
mes chansons dans la nuit.

La nouvelle s'est répandue très vite en
Kabylie : à Bougie, à Bouira, dans tous les
villages, les mêmes scènes de joie se repro-
duisirent.

Le lendemain, dans mon village de Taourirt Moussa, il y avait encore des centaines
de personnes massées à ma porte. Des haut-
parleurs diffusaient mes chansons dans
toutes les rues et les gens dansaient, chantaient. Les femmes étaient toutes vêtues de
leur robes traditionnelles, ces mêmes robes
que les intégristes veulent tellement rempla-
cer par le *hidjab*. Tout était superbe, inat-
tendu, indescriptible.

Il faisait très beau. Désemparé devant de
si extraordinaires démonstrations de joie,

j'ai quand même pris la parole de ma ter-
rasse pour leur dire merci. Merci d'être là.
Merci de m'avoir libéré – parce que ce sont
eux, les miens, qui m'ont, en réalité, libéré.
Les mots étaient difficiles à trouver, j'étais
terriblement ému et je ne réalisais toujours
pas vraiment ce qui m'arrivait. Le téléphone
sonnait sans arrêt. On appelait de partout,
de tout le pays, mais aussi de l'étranger. Certains pleuraient de joie au téléphone, des
familles entières voulaient me parler. Ils n'y
croyaient plus, disaient-ils. Moi non plus,
franchement.

J'ai reçu des témoignages extraordinaires. Un ami m'a raconté que sa mère, très
pieuse, avait cessé de faire sa prière du jour
de mon enlèvement. Elle n'a recommencé
qu'à l'instant où j'ai été libéré.
Les terroristes m'ayant rendu les clés de
ma voiture en m'expliquant où elle se trouvait, des amis à moi sont allés la chercher et
ils l'ont trouvée, en effet, à l'endroit indiqué :
depuis le jour de mon enlèvement, elle
n'avait pas bougé. Personne, pourtant,
n'avait réussi à la retrouver, même pas les

gendarmes. Je me demande si les recherches ont été menées sérieusement ou si, plutôt, on n'a rien fait parce qu'on me croyait mort. Les terroristes m'avaient également rendu mon argent – quarante-sept mille dinars.

Dans les jours suivant ma libération, j'ai pu savoir comment on avait réagi à mon enlèvement et quelles actions avaient été mises en œuvre. D'abord, un ultimatum de quarante-huit heures avait été lancé au GIA dès le lendemain de ma disparition. Deux jours plus tard, l'ultimatum était levé aussi précipitamment qu'il avait été lancé. Dans la même semaine, des informations émanant de sources policières assuraient que j'étais vivant et que je reparaîtrais bientôt. Toutes ces contradictions ont contribué à renforcer la confusion de la population, et à alimenter les spéculations les plus diverses jusqu'au dénouement.

Le 2 octobre, au cours d'une marche organisée à l'initiative du MCB à Tizi Ouzou pour exiger ma libération, les dizaines de milliers de personnes présentes ont entendu ma mère lancer un appel pour réclamer qu'on lui rende son fils «vivant ou mort». Au même moment, la foule scandait : «Matoub ou le fusil!» Repris à la radio kabyle, l'appel de ma mère a bouleversé le pays.

Malgré les difficultés et les fausses informations, le Mouvement culturel berbère est resté très actif. C'est sans doute essentiellement à lui que je dois d'être vivant aujourd'hui. Ould Ali el-Lhadi, l'un des responsables de la coordination nationale, n'a pas cessé de se démener, multipliant les initiatives. De leur côté, les villageois ont organisé eux-mêmes des battues dans le maquis, à ma recherche. Ils savaient certainement que, s'ils rencontraient des terroristes, ils seraient aussitôt tués. Le risque ne les a pas arrêtés. En fait, il ne s'est pas passé un jour sans qu'on organise quelque chose en ma faveur, sans qu'on lance une nouvelle recherche.

Maintenant que je pouvais apporter quelques éléments en décrivant le peu que j'avais vu pendant ma détention, on a fini par repérer un des endroits où on m'avait retenu pendant quinze jours. Nous nous sommes rendu compte, mes proches et moi, que le lieu de cet enfer n'était qu'à quarante kilomètres de chez moi. Quarante petits kilomètres de Taourirt Moussa. Incroyable.

Actif, le Mouvement culturel l'a donc été, et de manière permanente, même s'il n'obtenait pas toujours le succès espéré. Le jour de mon enlèvement, par exemple, un match de football était prévu. Un ami est allé trouver la JSK pour demander aux responsables du club d'annuler la partie. Refus. Il a proposé alors que les joueurs portent un brassard noir à la mi-temps. Nouveau refus. Ou les responsables ne se sentaient pas concernés, ou ils craignaient d'éventuelles représailles. Ils ont souvent manqué de courage. La preuve : je leur avais demandé de sponsoriser le Mouvement culturel berbère lors d'un match important qui les opposait à l'US Chaouia, un club berbère des Aurès. Leur refus a été catégorique, sous prétexte que le danger était trop grand. Le danger terroriste, bien sûr. Les dirigeants de la JSK, à mon sens, ne sont pas réellement sensibles à la cause berbère.

La santé de mon père n'était pas bonne. À l'hôpital où il avait été transporté pour une opération, tout le monde lui avait caché mon enlèvement : le moindre choc émotionnel risquait d'aggraver son état. Pendant quinze jours, on l'avait empêché, lui qui est un grand lecteur de journaux, d'en ouvrir un seul. Un jour, quelqu'un lui a apporté des pommes, enveloppées dans du papier journal. Il a jeté aussitôt les pommes pour s'intéresser au journal. Une infirmière qui passait lui a arraché le feuillet des mains, prétextant qu'il n'y avait rien d'intéressant à lire. Il paraît qu'il était très en colère et que, d'ailleurs, il se doutait de quelque chose.

Ma libération pose un certain nombre de questions. Certains, je le sais, ont prétendu que je n'avais jamais été enlevé par le GIA. Ceux-là, je les méprise, je n'ai rien à leur dire et encore moins à leur donner des justifications.

Je crois, moi, que, les terroristes m'ont relâché parce que leur objectif est de faire basculer la Kabylie dans le chaos. En me tuant, ils se mettaient la population à dos.

Pour une fois, ils se retrouvaient face à des gens aussi déterminés qu'eux. Moi, je ne le savais pas. Si j'avais pu imaginer une seule seconde le combat que les miens menaient pour obtenir ma libération, j'aurais gardé courage. Finalement, mes ravisseurs ont compris qu'ils ne pouvaient rien contre une telle mobilisation. Ma libération est un échec, leur premier échec. Je n'ai pas été libéré en trois ou quatre jours. Il en a fallu quinze, signe que les choses n'ont pas dû être faciles dans leur propre camp. On peut imaginer les concertations, les tractations qui ont dû agiter leur hiérarchie politique et militaire.

Les terroristes ne m'ont pas libéré parce que j'ai accepté la prière. Ni parce que j'ai déclaré sur cassette enregistrée que j'arrêterais de chanter – une cassette qu'ils ont d'ailleurs commencé à faire circuler dans le pays. Ils ne m'ont pas libéré non plus pour remettre le texte de leur message au Mouvement culturel berbère. Évidemment non. Je ne suis pas naïf. Les terroristes m'ont libéré parce qu'ils n'avaient pas d'autre choix. Ils m'ont libéré parce que, pour une fois, ils ont eu peur pour leurs proches et leurs alliés. Pour la première fois, une région entière s'était mobilisée, armes à la main, et entendait démontrer qu'elle ne céderait pas aux intimidations. Pour la première fois, une population se dressait pour dire non, dans un mouvement d'une exceptionnelle ampleur.

Si aujourd'hui, je me sens plus fort, plus résolu que jamais, je le dois à tous ceux qui ont rendu possible ma libération. À tous ceux et à toutes celles qui ont aidé les miens et ma famille, durant ma captivité, je dis merci.

Aujourd'hui, je me sens des responsabilités particulières envers eux. C'est à eux que je dois ma vie, mon nom, ma popularité. Je n'ai pas le droit de les décevoir, de les tromper. Mes chansons, ma musique, mon combat seront encore plus forts. Je les leur offre. Ils sont aujourd'hui ma raison de vivre.

Ma richesse.

CONCLUSION

Suis-je différent aujourd'hui ? Cette question, on me l'a posée à maintes reprises depuis que je suis sorti de l'enfer. La réponse est oui, évidemment. Quand on a vécu pendant quinze jours cette angoisse permanente, menacé d'une mort qui rôde sans cesse autour de vous et qui menace de frapper à tout moment, on ne peut pas en sortir indemne. Le film de ma séquestration passe et repasse dans ma tête sans arrêt, avec ses images très dures, violentes, désespérées.

Depuis ma libération, mon comportement a changé, indiscutablement. J'étais nerveux, je le suis davantage encore aujourd'hui. Il m'arrive d'avoir des bouffées d'angoisse incontrôlable, pendant lesquelles je ne me rends plus vraiment compte de ce que je fais. Je peux même être violent. Je ne m'en aperçois qu'après, lorsque le mal est fait. Je ne veux pas dire que j'ai envie de prendre un fusil et de tuer tout le monde. C'est tout à fait autre chose. Par exemple, brusquement, je m'emporte sans raison apparente. Dans ces moments-là, j'ai l'impression qu'il y a un double personnage en moi. Un Lounès que je connais, avec lequel je vis depuis trente-huit ans, et un étranger que je découvre depuis ma libération.

Je n'ai pas mesuré immédiatement l'étendue des dégâts, parce que c'est d'abord l'euphorie qui a régné. Ma maison ne désemplissait pas. C'était la fête, la joie des retrouvailles avec ma famille, mes amis. Je recevais des témoignages de soutien de partout. J'étais sollicité de partout. J'ai vécu pendant plusieurs jours sur une espèce de nuage. Bien que fatigué, éprouvé physiquement, j'étais heureux, incrédule et ravi devant l'ampleur du mouvement de solidarité. Les articles parus dans la presse nationale et internationale m'ont donné l'impression d'être important. Il y en avait tellement, certains très émouvants, que j'en éprouvais une sorte d'orgueil. J'étais comme dopé, je racontais ce que j'avais vécu, tous les moments d'angoisse. Je multipliais mes analyses du GIA, de ses forces et de ses faiblesses. Je parlais beaucoup.

Mais ensuite, lorsque je me suis retrouvé seul, les choses ont commencé à se compliquer. Mes amis insistaient énormément pour me convaincre de quitter la Kabylie. Tout en sachant au fond de moi que c'était une folie de rester dans mon pays, je n'arrivais pas à me décider. Mon pays, mon village, ce sont mes racines. J'étais sûr que je m'en sortirais mieux au milieu des miens, en Kabylie. Mais j'étais conscient, en même temps, que je n'aurais pas une deuxième chance : si je retombais aux mains des intégristes, cette fois, ma mort était assurée. Donc, j'ai dû prendre la décision, terriblement douloureuse, de quitter ma chère Kabylie. Je n'avais pas le choix.

En France, je me suis toujours senti perdu, privé de ma base, de mes références. Depuis mon arrivée fin octobre, bien que je sois entouré par de nombreux amis, la déchirure est toujours ouverte. Même ma

femme, qui travaille en France, n'a pu com-
bler le vide que j'ai ressenti d'emblée. Je me
suis retrouvé confronté à moi-même.
L'euphorie de la libération a fait place à un
état de profonde nervosité, une sorte de
stress. Dans ces moments-là, tous les efforts
que je peux faire pour me contrôler sont
inutiles. Le sentiment de solitude m'envahit,
intolérable, et je revis les moments les plus
pénibles de ma détention. La peur prend le
dessus, impossible alors de me raisonner et
de me calmer seul.

La dernière fois que j'ai eu une crise de
cette nature, ma femme a dû faire appel à
un médecin en pleine nuit. Il était trois
heures du matin, je prenais un bain. Soudain, j'ai eu l'impression d'étouffer, je ne
pouvais plus me détendre ni retrouver une
respiration normale. Le médecin a dû me
faire une piqûre de Valium. Ces accès de
panique reproduisent exactement, en fait,
ceux que j'ai vécus dans le maquis. C'est la
panique de la mort imminente.

Je la ressens tout spécialement au
moment de me coucher. C'est une épreuve
qu'aujourd'hui encore, plusieurs semaines

après ma libération, je redoute. Je me réveille plusieurs fois par nuit, souvent dans un état de nervosité extrême. Pourtant, je préfère éviter les somnifères. J'ai été consommateur de cachets plusieurs fois dans ma vie, je ne veux pas retomber dans cette dépendance aujourd'hui.

Pour l'instant, je tiens, en dépit de ces cauchemars récurrents où je me vois enfermé, baignant dans des mares de sang. Je n'ai pas voulu voir de psychiatre, ni être traité au sens médical du terme. Je vois des amis médecins, je discute beaucoup. Je crois, effectivement, à l'importance de la parole, mais je n'ai pas envie de me confier à n'importe qui. Le travail de « debriefing » – pour employer le mot technique –, je le fais moi-même, avec des proches, et je compte sur le temps.

Du reste, la meilleure des thérapies, c'est peut-être ce livre. Ce livre et ma musique, mes chansons. Le 18 octobre, une semaine exactement après ma libération, j'ai composé une première chanson, suivie d'une deuxième le lendemain. Ce n'est pas un hasard. Elles expriment tout ce que j'ai res-

senti durant mon épreuve, avec des mots qui
rappellent, si besoin en est, qu'en dépit de ce
que j'ai pu vivre, mes sentiments restent les
mêmes, qu'en dépit de ce que l'on m'a fait
subir, je ne capitulerai pas. Ces deux textes
sont essentiels : ils disent non à la soumission, non à l'arbitraire. Le premier explique
mon refus de la religion et le mal que, dans
certaines conditions, elle engendre. Les versets du Coran, psalmodiés des heures
durant pendant ma captivité, résonnent
encore dans ma mémoire. On tue au nom de
cette religion, j'ai voulu le redire. Je pro-
clame aussi que mon pays est gravement
menacé si l'on ne réagit pas très vite. Sur ce
sujet, l'inspiration m'est venue facilement :
c'était, je l'ai compris après, une manière de
répliquer, de prouver que ma poésie est plus
forte que n'importe quelle épreuve. Le
second texte est un poème dédié à la
mémoire d'un ami très cher, mort il y a
quelques semaines d'un arrêt cardiaque.
C'était un militant, un démocrate. Le combat qu'il a mené toute sa vie, nous le continuerons, je le promets. Depuis qu'il est
mort, beaucoup d'autres l'ont rejoint, ma

chanson le rappelle. Notre courage n'est pas entamé, son combat, le nôtre, nous le poursuivrons.

Mes textes sont autant de confessions. Au lieu de chercher l'aide d'un prêtre dans une église, ou d'un psychiatre dans un cabinet, je me suis confié à l'écrit, à la poésie. C'est mon domaine, la seule façon de me libérer.

Mes premiers lecteurs ont vu dans ces textes une maturité, une perspective élargie de mon combat. Mieux que moi, ils sont juges de mon évolution. Ce que je sais, c'est qu'une force nouvelle m'a poussé, que ces chansons ont été écrites avec une rage redoublée. Si elles expriment encore mieux mon engagement, j'en suis heureux et fier.

Aujourd'hui, je suis obligé de modifier mon comportement. Je sais que je suis en sursis : la pression populaire m'a sorti du cauchemar ; la prochaine fois, mes ravisseurs auront ma peau – et sans m'avertir, j'en suis sûr. Pourtant, je le déclare haut et fort : je n'ai pas changé. Je n'encouragerai jamais des assassins, des êtres qui tuent aveuglément au nom de l'islam. Je suis donc plus que jamais cible désignée. Ce qui les gêne énormément, c'est que ma popularité s'est étendue encore après l'affaire, et cette sympathie nouvelle est un désaveu pour eux, une sorte de défi à leur violence. Je reçois des lettres du monde entier. On a entendu parler de mon enlèvement partout. Je m'en rends compte dans la rue, ici, en France. Lorsque je croise des Américains, des Anglais, des Espagnols, des Maghrébins, ils viennent à moi spontanément et me parlent. Conséquence : je suis de plus en plus en danger. Avant mon enlèvement, je me savais visé par les intégristes et le pouvoir algérien. Désormais je suis sous la menace de l'Internationale intégriste. Au maquis, on m'a bien prévenu : « Si tu ne respectes pas tes engagements – arrêter de chanter, entre autres –, nous te retrouverons partout, où que tu sois. Nous te poursuivrons dans le monde entier. Il n'y aura aucun lieu sur la planète où tu pourras te sentir en sécurité. » Il ne faut pas négliger un tel avertissement. Avec leur absence de scrupules et l'étendue de leurs réseaux internationaux, lorsque ces gens profèrent une menace, ils la mettent généralement à exécution, ils l'ont déjà prouvé.

Mais moi, je l'affirme, je ne céderai pas. Je continuerai à chanter, à me battre contre l'intégrisme. Je ne suis ni arabe, ni obligé d'être musulman. C'est peut-être la phrase qui m'a condamné à mort, c'est aussi celle, justement, qui résume le mieux mon combat. Tant que l'on continuera de piétiner mes convictions, je continuerai à me battre.

Ce combat, je ne le conçois que chez moi, en Algérie. Dès que j'aurai retrouvé mon équilibre, je rentrerai. Pour l'instant, je travaille. Il y a huit ans que je ne me suis pas produit sur une scène parisienne, j'ai donc décidé de faire une série de concerts. Aussitôt après, je repartirai pour la Kabylie, dont je ressens très fort le manque. Je ne me sens vraiment chez moi que lorsque je m'enfonce dans les profondeurs du maquis kabyle. Mon rapport avec la Kabylie est très charnel. Mon environnement, mon quotidien, ce sont les montagnes du Djudjura, mon village, mes amis, les vieux avec lesquels je parle des heures durant, les jeunes avec lesquels j'ai des conversations faites de petits riens. La Kabylie me manque. Pour l'instant, je me sens douloureusement coupé de mes attaches.

Peut-être même rentrerai-je plus tôt que prévu. Inutile de dire que je prendrai toutes les précautions, car je n'ai pas l'intention de m'exposer inutilement. Même si j'adore les cafés, je les fréquenterai moins. Dommage, d'ailleurs : nos cafés sont des lieux tellement plus conviviaux qu'en France. On y reste pendant des heures, qu'on consomme ou pas, on y joue de la musique. D'autre part, il me faudra une arme pour me défendre. Si l'État ne me délivre pas l'autorisation, je m'en passerai. Le jour de mon enlèvement, j'avais sur moi un 9 mm, qu'on m'a sous-trait, évidemment. Mais je ne serai plus jamais pris au dépourvu comme ce jour-là, où je n'ai rien pu tenter. En kabyle, nous avons un dicton : « Celui qui a été mordu une fois par un serpent craint même la vieille corde. » Je me méfierai donc de toutes les vieilles cordes. Il me faudra redoubler de prudence dans mes déplacements, car je refuse de rester cloîtré chez moi, prisonnier entre quatre murs.

J'évoquais tout à l'heure cette maturité

que j'ai le sentiment d'avoir acquise au cours de ces quinze jours de cauchemar. Elle doit être réelle car, avec le recul dont je suis capable aujourd'hui, je me sens plus fort. Est-ce l'effet de l'immense soulagement apporté par ma libération ? Ou de ces réflexions menées au long de ma séquestration, au cours desquelles j'ai analysé mes engagements, mes prises de position et mon combat ? Peut-être les deux à la fois. Quoi qu'il en soit, une force nouvelle m'habite. Il y a encore peu de temps, je limitais mon combat à la Kabylie. Maintenant, je pense à l'Algérie dans sa totalité, au malheur qui risque de dévaster le pays. Je dois apprendre à me battre pour la société algérienne dans son ensemble. Les témoignages venus de partout, de Tlemcen, d'Annaba, d'Oran, la chaleur qu'ils dégageaient, les encouragements qu'ils contenaient m'ont fait profondément réfléchir. Ce n'est pas suffisant de se battre pour soi lorsque le destin d'une nation est en jeu. Ce peuple mérite que l'on se sacrifie pour lui. En somme, je pourrais presque dire que je ne m'appartiens plus : ce nouveau souffle de vie, cette résurrection,

tout ce que je dois aux miens, il faut maintenant que je le traduise dans mon combat.
On m'a raconté la joie, la liesse dans les villages et les villes de Kabylie après ma libération. On m'a rapporté aussi – et c'est plus
surprenant – que dans certains quartiers
d'Alger, des gens, n'hésitant pas à braver le
couvre-feu, s'étaient répandus dans la rue
pour exprimer leur joie. Il paraît que l'on
n'avait pas vécu de tels moments depuis
l'Indépendance, en 1962 – un mouvement
massif, spontané, généreux et général. Comment l'expliquer ? Ma réponse est simple.
Depuis longtemps maintenant, la société
algérienne vit dans l'horreur et la terreur, un
peu comme pendant la guerre de Libération.
À cette époque, personne, sauf des utopistes,
ne croyait que le pays connaîtrait un jour
l'indépendance. Si ma libération a suscité
un tel élan d'espoir, c'est que pour la première fois, la population algérienne s'est
rendu compte que les intégristes pouvaient
reculer. Il y a quelques semaines on n'aurait
jamais évoqué la possibilité de capitulation,
de recul ou de défaite dans le camp intégriste. Encore une utopie. Aujourd'hui, tout

a changé. Un coup de bélier a fissuré la carapace islamiste. Les intégristes ne sont pas aussi invulnérables qu'ils le prétendent. Une première brèche a été ouverte. Un premier Algérien est sorti vivant de leurs griffes, démontrant leur faiblesse. C'est une belle leçon d'espoir.

Ai-je mérité tous les témoignages d'estime que j'ai reçus ? Ce n'est pas à moi de répondre, car je me connais quelques qualités et beaucoup de défauts. Lorsqu'on est porté au pinacle de cette manière, on se dit qu'on n'a plus le droit à l'erreur. Une certaine rigueur s'impose, une sorte de pureté. J'avoue que j'en suis loin. Les sentiments que j'ai constatés à mon égard ces derniers temps me gênent, en réalité. Je ne veux pas avoir à modifier mon comportement habituel. Je suis avant tout un poète, un saltimbanque, quelqu'un qui aime la vie, un vagabond sans cesse en quête, courant d'un endroit à un autre, se battant pour la vérité, la justice, la paix et la reconnaissance de ses droits fondamentaux. Lorsque l'on me dit que je fais désormais partie de la « galaxie des hommes célèbres », je suis flatté, bien sûr, mais ennuyé aussi. D'ailleurs, je ne peux pas m'empêcher de me demander si je le mérite vraiment.

J'ai reçu récemment – le 6 décembre 1994 pour être précis –, un prix qui m'a procuré un plaisir infini, inimaginable : le prix de la Mémoire, récompense décernée à une personnalité qui a marqué l'année par son engagement, son combat. J'étais très ému. Privilège extrême, le prix m'a été remis par Madame Danielle Mitterrand. Elle a parlé de la situation en Algérie et m'a félicité pour mon courage. Je voudrais rappeler ici quelques phrases du discours que j'ai prononcé à cette occasion et qui résument mon combat pour le respect de notre identité en Algérie : « Cette négation de l'identité, cette mémoire tronquée sont une constante de notre histoire. On nous a dits Romains, Byzantins, Arabes, Turcs, Gaulois et aujourd'hui encore, dans cette Afrique du Nord libérée de toute tutelle coloniale, nous ne sommes toujours pas *amazigh*. Pourquoi ? "On veut nous emprisonner dans un passé sans mémoire et sans avenir", comme l'écrivait Jean Amrouche, en 1958. Et comme il l'a si bien précisé lui-même :

On peut affamer les corps
On peut battre les volontés
Mater la fierté la plus dure sur l'enclume
    du mépris
On ne peut assécher les sources profondes
Où l'âme orpheline par mille radicelles
    invisibles
Suce le lait de la liberté. »

J'ai conclu par ces mots : « Le Berbère que je suis est frère du Juif qui a vécu la Shoah ; de l'Arménien qui a vécu le terrible génocide de 1915 ; de Khalida Messaoudi, de Taslima Nasreen et de toutes les femmes qui se battent de par le monde. Je suis le frère du Kurde qui lutte sous le tir croisé de multiples dictatures et frère de l'Africain déraciné. Nous avons en commun la mémoire de nos sacrifices. Je vous demande aujourd'hui de tisser les liens de la solidarité. »

À la fin de la cérémonie, j'ai chanté la chanson composée quelques jours après ma

libération. Minutes inoubliables : j'étais sous
les lambris d'un amphithéâtre de la Sorbonne, sous le portrait de Richelieu, et je
chantais en kabyle avec mon mandole. En
cet instant, je me trouvais à des années-
lumière du maquis dans lequel j'avais été
séquestré pendant deux semaines, et pourtant les images de mort ne quittaient pas
mon esprit. Impossible de les chasser, elles
s'imposaient inexorablement.

Il faut préciser que j'avais appris, trois
jours auparavant, la mort d'un ami journaliste tombé sous les balles des islamistes. Et
à l'instant précis où je chantais à la Sorbonne, honoré et félicité par de nombreuses
personnalités, à cet instant, Saïd Mekbel
était porté en terre. J'étais malheureux de ne
pas pouvoir être en Algérie pour assister à
ses funérailles. Un journaliste de plus, un
journaliste de trop... Saïd était le directeur
du journal *Le Matin*, l'un des organes de la
presse indépendante, et je l'aimais beaucoup. L'Algérie démocrate l'aimait beaucoup. Par deux fois il avait échappé à un
attentat et la troisième fut la dernière. Son
courage journalistique, ses idées, son enga-

gement en faisaient une victime désignée.
À plusieurs reprises, pendant ma séquestration et au cours de mon procès, j'avais
entendu mes ravisseurs exprimer leur haine
des journaux et des journalistes indépen-
dants. «Ils s'occupent trop de terrorisme,
trop de démocratie et de laïcité, pas assez de
l'islam», tels étaient leurs reproches. Le billet
de Saïd Mekbel, en dernière page du *Matin*,
avec le dessin d'un autre ami très cher,
Dilem – le «Dilem du jour» –, étaient très
lus en Algérie. Le jour de ma libération, Saïd
Mekbel avait écrit un billet extraordinaire
qui répondait admirablement à mes adver-
saires. Je veux rendre l'hommage qu'il mérite
à ce grand démocrate.

La mort était donc très présente en moi le
jour de la remise du prix de la Mémoire à la
Sorbonne. Elle l'est encore aujourd'hui. Il
faudra que je m'y habitue, que j'apprivoise
ces images, ces impressions intolérables. Je
me sais en sursis, mais je réagis aujourd'hui,
à la manière d'un poète, avec un certain
détachement.

La mort, c'est l'éternité. Ni Dieu, ni Mohamed, ni Vishnou. Mais ce que l'on a fait dans

sa vie et dont il reste la trace – en positif ou en négatif. Pendant ma séquestration, je me disais : je vais disparaître alors qu'il y a tant de choses que je n'ai pas eu le temps de faire. Des souvenirs, des événements que je croyais avoir définitivement oubliés me sont revenus à la mémoire de façon hallucinante – des petits détails ou des choses plus importantes. Et je me faisais des reproches. Dans de tels moments, on voudrait qu'une machine à remonter le temps vous transporte dans le passé pour pouvoir refaire ce qu'on pense avoir mal fait. Mais c'est trop tard, l'erreur est définitive ; rien ni personne ne pourra y changer quoi que ce soit. Et on souffre. Voilà ce que j'ai vécu. Le film de ma vie a défilé et défilé mille fois dans mon esprit sans que je puisse le stopper. Me revenait en mémoire mon passé personnel et politique, que j'analysais pour établir un bilan de ma vie. Je revivais des situations pénibles, conflictuelles, avec des proches, des membres de ma famille, des intimes. J'avais l'impression qu'elles explosaient, que je ne pouvais pas recoller les morceaux. Trop tard. J'en étais accablé, effondré. Puis je me résignais : j'étais tué, je voyais mes funérailles. Je me consolais un peu en me persuadant qu'il y aurait beaucoup de monde à mon enterrement, que mon cercueil serait recouvert du drapeau algérien, qu'on chanterait mes chansons. Il y aurait des femmes vêtues de leurs robes kabyles multicolores, des hommes, des enfants. L'ensemble me paraissait plutôt beau et cela me rassurait. Je me disais que, même mort, je resterais vivant dans la mémoire des gens. Mes chansons s'inscriraient dans cette éternité dont j'ai parlé. Ma famille serait respectée, ce qui était essentiel pour moi. Si étrange que cela puisse paraître, c'est l'idée de la mort, la projection de ma propre mort, qui m'a permis de rester en vie, de m'accrocher à la vie. Combien de fois me suis-je répété : « Tu es mort, de toute façon tu es mort. » La différence avec une maladie grave, une hospitalisation, c'est que, même en cas de diagnostic réservé, il reste toujours un espoir. Dans ma situation de séquestré entre les mains du plus extrémiste des groupes islamistes, il n'y avait même pas de diagnostic, et donc aucun espoir. J'avais

attaqué leurs valeurs – des valeurs fondamentales pour eux –, leurs croyances les
plus importantes.

Encore une autre fois, la mort m'a frôlé,
puis, elle a passé son chemin. Étant en sursis, je n'en suis que plus combatif. Mais je
ne suis pas un homme politique au sens
strict du terme. Je suis un poète et le reven-
dique haut et fort. La chanson est mon
expression, pas les discours. Un poète, un
témoin, mais aussi un citoyen qui vit et
assume la condition de son peuple. Comme
tout révolté berbère, comme tout Algérien,
je ne peux laisser faire ce qui se passe dans
mon pays. Les miens me font confiance, ils
me l'ont exprimé à maintes reprises, je ne
peux les décevoir. Je ne peux pas rester
insensible au drame qui déchire mon pays.
Aucun démocrate, qu'il soit algérien ou
d'une autre nationalité, ne peut baisser les
bras devant l'horreur de la situation en
Algérie. Le temps est à l'action.

La neutralité est une chose qui n'existe pas
dans mon pays. Il faut se situer dans un
camp ou dans l'autre parce que dans cette
tragédie le juste milieu est un leurre, une

démission. C'est une prise de position négative, dangereuse. L'Algérie est en passe de basculer dans le chaos et de plonger dans un puits sans fond. Je suis obligé de dénoncer les abus du pouvoir comme les horreurs des intégristes. En tant que poète, je ne peux qu'apporter mon soutien aux forces qui font espérer un changement. C'est la démocratie qui nous sauvera. La démocratie et la laïcité, deux notions fondamentales face à l'obscurantisme religieux, deux notions qui peu à peu se sont imposées à moi et sont aujourd'hui aussi nécessaires que le pain et l'eau. Avant l'explosion de l'intégrisme en Algérie, démocratie et laïcité restaient des termes assez vagues. C'était le règne du parti unique. Aux années Boumediene – années noires –, avaient succédé les années Chadli – grises. On se battait contre le pouvoir en place. On se battait pour la reconnaissance de nos droits fondamentaux : Tamazight, le berbère à l'école, le berbère comme langue nationale reconnue et enseignée.

Aujourd'hui, au risque d'en choquer plus d'un, je dis qu'en l'état actuel du système scolaire en Algérie, je suis plus prudent, plus nuancé. Je ne veux pas voir Tamazight enseignée dans une école malade. Le système qui existe, produit du régime en place, a engendré l'intégrisme, la haine, la mort. Je ne veux pas voir développer notre langue dans un système incapable de gérer des valeurs aussi importantes que la liberté, le respect de l'autre, la justice et la démocratie. Je veux que le berbère soit enseigné dans une école républicaine et prospère. L'échec de l'école algérienne est patent. Nous avons reculé de plus de trente ans en quelques années. L'école francophone était une réalité, puis une arabisation agressive et négatrice a tué ce qu'il y avait de positif dans notre système scolaire. Nous fabriquons des êtres hybrides qui ne sont plus capables de penser par eux-mêmes et à qui on n'offre pas le moindre débouché. Des jeunes qui iront dès la sortie de l'école rejoindre les maquis islamistes parce qu'ils sont perdus. Qui n'ont pas le sens des valeurs morales parce qu'on ne leur a pas enseigné ce qui était essentiel. Qui n'ont pas de travail parce que leur formation est insuffisante et médiocre. Un pays incapable d'assurer à ses enfants l'éducation qu'ils méritent est un pays qui n'a pas d'avenir.

Le pouvoir a engendré l'intégrisme, je le répète. Je combats au même titre le FLN, le pouvoir en place et les intégristes, qu'ils soient du GIA, du FIS ou autres. Chadli Bendjedid a capitulé. Son pouvoir dominé par la corruption et les luttes d'influence a chuté. Liamine Zeroual, qui lui a succédé, ne vaut guère mieux. Aujourd'hui, en Algérie, les changements de personnes à la tête du pouvoir ne sont que mascarades. D'hésitations en maladresses politiques, les responsables accumulent les catastrophes. Ils libèrent Abassi Madani, Ali Belhadj – des gens qui ont brisé l'échine de l'Algérie, qui ont jeté le pays dans la barbarie – et décident de reprendre le dialogue avec eux. Comment accepter pareille infamie? Peut-on discuter avec les assassins de Djaout, de Boucebci, de Mekbel et de tous nos frères, de ces milliers d'hommes, de femmes, d'enfants victimes de leur violence aveugle? S'asseoir à la table de négociations avec ces gens-là? Dialoguer, accepter de parler à des individus dont le seul mot d'ordre est

« tuer » ? Qui voient partout des ennemis de Dieu, *taghout* ? Qui pensent que la démocratie est *kofr*, hérésie ? On ne dialogue pas avec des assassins, monsieur Zeroual. Les seuls interlocuteurs possibles pour ceux de leur espèce, ce sont des juges, des procureurs, des magistrats non corrompus. Voilà avec qui un assassin peut parler. Pour être jugé et condamné. Pas libéré.

Nous, démocrates, nous n'avons pas peur d'eux. Ils nous tuent. Ils nous enlèvent. Nous résistons. Tant qu'il y aura des femmes, des hommes pour porter haut le drapeau de la démocratie, nous ne capitulerons pas. Certains, à bout de nerfs – et je les comprends parce que pareille tension finit par être impossible à vivre et à assumer –, diront qu'il n'y a plus rien à espérer, abdiqueront ou partiront à l'étranger. D'autre part, combien d'hommes du pouvoir actuel, après s'être largement servis dans les caisses de l'État, ont choisi de quitter le pays pour s'installer en France ou ailleurs ? Les vrais démocrates préfèrent se battre dans leur pays. Vivre là où ils sont le plus utiles, c'est-à-dire chez eux. Même sous la menace permanente de l'attentat et de la mort, ils sont au milieu des leurs. C'est cela le courage.

Je ne peux pas imaginer que mon pays bascule définitivement. Je demande à nos dirigeants actuels, s'il y en a parmi eux qui ont encore le sens du devoir, d'agir rapidement et avec efficacité. Il faut que le peuple algérien se manifeste, que le monde entier se sente concerné par la tragédie que nous vivons. Chacun doit se responsabiliser, chacun doit parler autour de lui. Chaque mot, chaque geste comptent. N'acceptons pas que les femmes soient égorgées parce qu'elles refusent de porter le voile, rejetant le diktat islamique. La femme algérienne a toujours été une combattante. Nous devons l'aider, car son combat est fondamental aujourd'hui en Algérie. Tant qu'il y aura des femmes comme Khalida Messaoudi et toutes celles qui se battent avec elle, l'espoir nous sera permis. À plusieurs reprises, cette année, des milliers de femmes sont descendues dans les rues d'Alger. Elles voulaient dire non. Non au terrorisme, non à la violence. Oui à la démocratie. Ce sont elles, notre chance. Si les femmes capitulent, ce sera la fin : notre pays sombrera dans l'obscurantisme et la barbarie. Avec tous ceux et toutes celles qui se battent pour la démocratie, j'appelle à mon tour à la résistance. Parce que c'est bien de cela qu'il s'agit aujourd'hui. Ce n'est plus avec les seuls mots que l'on peut arrêter le terrorisme, c'est avec des armes. Pas des armes offensives, mais des armes défensives, protectrices. Ce n'est pas à mains nues que l'on arrête les balles d'une Kalachnikov. Je suis peut-être un poète, mais je suis aussi parfaitement capable de tenir une arme s'il le faut. Si je dois tuer pour ma survie, pour la survie de mes valeurs et des miens, je n'hésiterai plus. Je n'attendrai pas de me faire égorger : je n'ai pas l'âme d'un martyr, je ne rêve pas d'un paradis où couleraient le lait et le miel. Je veux me défendre. La résistance est une légitime défense, pour laquelle il faut des moyens. Je ne lance pas un appel à la guerre civile. Mais si se défendre, défendre ses valeurs et ses convictions signifie la guerre civile, je suis prêt à l'affronter. Je ne me laisserai plus faire. Je sais ce que le fascisme veut dire. Je refuse son fanatisme, son aveuglement. Je veux continuer à exister et à chanter en toute liberté. L'Algérie islamique n'existera pas. Si je dois donner ma vie pour ce combat-là, je n'hésiterai pas. Puisqu'ils n'ont pas réussi à me briser en quinze jours de captivité, je leur prouverai, nous leur prouverons que nous sommes plus forts qu'eux. Rien ne pourra nous arrêter. Notre combat est juste et noble. Nous ne laisserons personne nous abattre. J'en fais le serment.

POSTFACE

Quel attentat, quel assassinat, quelle barbarie pouvaient encore émouvoir les Algériens assommés par tant de violence ? Ils en avaient tellement vu, tellement subi, rien ne leur avait été épargné.

Qu'est-ce qui pouvait encore réveiller leurs cœurs ? Pourtant, ce soir du 25 septembre 1994, la nouvelle de l'enlèvement de Matoub provoqua une secousse inattendue.

Nées aussitôt, des supputations et toutes sortes de rumeurs viendront mourir sur un communiqué laconique du GIA revendiquant le rapt.

Ce communiqué était aussi un rappel à la réalité : il était temps de se rendre à l'évidence, de cesser de se bercer d'illusions. Rien, absolument rien, ne pouvait échapper à l'emprise des intégristes, pas même cette Kabylie que l'on disait orgueilleuse.

Après tout, n'avaient-ils pas désarmé maints villages, coupé les routes de leurs fameux «faux barrages», attaqué la moindre bourgade, assassinant et pillant sans retenue au cœur même de cette Kabylie?

Non vraiment, quand on y réfléchit, il n'y a finalement rien de surprenant dans cette affaire. On avait seulement cru, à tort, qu'ils ne s'en prendraient pas à des figures emblématiques de la Kabylie.

Assurément, Lounès Matoub est un chanteur populaire et un symbole du Mouvement culturel berbère (MCB). Il s'est jeté corps et âme dans le combat pour l'identité. Un combat qu'il a cher payé.

Dans cette Algérie en proie à une terreur arabo-islamiste, il a utilisé les mots les plus durs pour dénoncer l'histoire officielle qui célèbre Okba, le chef de la première invasion arabe et exile son adversaire, Koceila, l'autochtone, le résistant. Dans cette dénonciation, personne n'avait été aussi loin depuis Kateb Yacine.

À juste titre, Matoub passe pour être le

plus rebelle, le plus réfractaire, le plus intraitable sur cette question identitaire. Encore convalescent (après sa blessure), et s'appuyant sur des béquilles, il sera poussé par les jeunes à la tête de manifestations, pour porter la revendication berbère. Et si tant de jeunes se reconnaissent en lui, c'est parce qu'il a su dire la révolte qui gronde dans leurs cœurs. Bannis des radios et de la télévision officielles, ses chants seront repris dans les stades, dans les marches, comme on chantera aussi ses airs de fête dans les mariages.

Voilà pourquoi l'enlèvement de Matoub était comme un défi lancé à la Kabylie. La presse, même étrangère, ne s'y était pas trompée en en faisant ses gros titres.

En définitive, on l'aura compris, il y avait dans cette affaire, réduit à l'état brut, un aspect essentiel de la crise algérienne. Celui qui porte sur les valeurs, sur l'identité, en dehors des clivages institutionnels. À savoir le conflit qui oppose l'expansionnisme arabo-islamiste à la résistance berbère. Un arabo-islamisme qui entend tout soumettre, tout réduire, opposé à l'antique souche berbère.

Les partisans de l'intégrisme avaient déjà montré de quoi ils étaient capables, mais les autres ?

Est-il seulement encore vivant l'esprit de Jugurtha ? Existe-t-il encore, ce Berbère que l'on continuait de chanter, celui qui, même vaincu, demeurait insoumis ?

Ou bien alors appartient-il au passé comme l'affirmait le colonel Robin, après la terrible répression de 1871, lorsqu'il écrivit en 1901 :

« Ainsi s'est effondré en quelques années, l'édifice séculaire des libertés traditionnelles qui avaient résisté pendant des milliers d'années aux armées des conquérants [...] *Finis Kabyliae !* »

Tels étaient les termes du problème que posait le rapt de Matoub. Par-delà les institutions de l'État, le régime, y avait-il encore au plus profond de ce peuple un ressort qui allait provoquer le sursaut contre la mise au pas intégriste ?

Hormis quelques déclarations plus ou moins radicales, les jours qui passaient apportaient surtout un flot de rumeurs désespérées. On annonçait la découverte du corps mutilé de Matoub dans telle localité, quand ce n'était pas celle de sa tête tranchée dans telle autre. Dans cette kyrielle de nouvelles, il en fut une, persistante, qui finit par inquiéter plus que les autres. Le corps de Lounès était, disait-on, à la morgue de l'hôpital militaire d'Aïn Naadja. L'information, ajoutait-on, émanait de la hiérarchie militaire qui attendait seulement le moment opportun pour rendre publique la nouvelle. Dans l'entourage de Matoub, on songeait à préparer la famille au choc. Ultime vérification, la mort dans l'âme, un ami de Lounès ira identifier le corps à Aïn Naadja. Au terme d'une visite à la morgue, qui s'est traduite par un spectacle hallucinant de têtes sans corps, de morceaux de chair humaine rassemblés pour reconstituer approximativement des corps, cet ami en ressortit bouleversé et soulagé à fois : Lounès n'y était pas. Aucun doute là-dessus, les multiples cicatrices qui lacéraient son corps et ses jambes excluaient toute erreur.

En attendant, la question posée restait toujours sans réponse. Existait-il encore, ce peuple tant loué et se souvenait-il de son fils ravi ?

Qu'allaient faire les Kabyles, maintenant qu'ils étaient acculés, dos au mur ?

Bien sûr, il n'y eut pas que des déclarations, il y eut des manifestations drainant une foule considérable et exigeant la libération de Matoub. Puis, il y eut aussi des groupes de jeunes qui, spontanément, se mirent à parcourir la montagne à la recherche de Matoub, armés de leur seule colère.

Ils s'attendaient au pire, ils étaient prêts à tout.

La tension était telle que, dès les premiers jours, les barbes dans les villes kabyles étaient rasées. Toutes les familles qui avaient un de leurs membres engagé dans les partis islamistes juraient qu'ils n'étaient pour rien dans cet enlèvement. Chose unique chez des militants qui revendiquent publiquement l'assassinat, on a même vu un intégriste, passé à la clandestinité, écrire aux journaux pour s'innocenter parce qu'il avait été impliqué dans cette affaire.

L'incroyable se produisit. Matoub était rendu aux siens vivant.

Le billettiste Saïd Mekbel* avait alors su trouver les mots qu'il fallait pour accueillir Lounès encore hébété et secoué par ce qu'il venait de vivre.

Ce fut une explosion de joie chez ce peuple que l'on croyait résigné. Cette joie exprimée sans honte sur fond d'assassinats qui continuaient de se perpétrer était presque indécente. Et pour certains, elle l'était.

Mais en vérité, cette libération a été, comme on a pu le dire, une victoire sur l'impossible. Elle signifiait une possible victoire sur la barbarie, la perspective d'une paix retrouvée. Cette libération, c'était la victoire des humbles montagnards, là où un régime, des institutions rongées par la corruption avaient échoué.

Enfin, on notera l'épilogue chargé de symbole dans la remise à Lounès Matoub du cinquième prix de la Mémoire collective par

* Voir ce texte reproduit page 7 du hors-texte.

Rebelle

Madame Danielle Mitterrand, à la Sorbonne le 6 décembre 1994.

Ce 6 décembre précisément, de l'autre côté de la Méditerranée, on enterrait Saïd Mekbel qui venait d'être assassiné par le GIA. C'est à Saïd Mekbel et à tous les démocrates assassinés que Lounès Matoub dédiera ce prix de la Mémoire collective. Il en fait un serment pour son combat futur. C'est aussi un flambeau transmis, à l'image du marathonien de l'Antiquité, dans une course jusqu'au bout de la vie.

Paris, le 15 décembre 1994,
Hend Sadi,
Membre du MCB.

ANNEXE

Liste alphabétique des noms apparaissant dans l'ouvrage

Hocine Aït Ahmed : né en 1926, membre fondateur du FLN, il sera arrêté lors du détournement d'avion de 1956 avec d'autres responsables. En 1963, il conduit une insurrection armée en Kabylie après la création du Front des forces socialistes, le FFS. Arrêté en 1964, condamné à mort puis gracié, il s'évade en 1966 et s'exile en Suisse. Il rentre en Algérie en 1989. Il quitte de nouveau l'Algérie en 1992 et vit aujourd'hui à Lausanne.

Ahmed Ben Bella : né en 1916, membre fondateur du FLN, il sera arrêté lors du détournement d'avion de 1956. Libéré à l'Indépendance, il sera le premier président de la République algérienne démocratique et populaire, et sera à l'origine du parti unique. Arrêté lors du coup d'État du 19 juin 1965, il sera libéré en 1981 par Chadli Bendjedid. C'est de Suisse qu'il dirigera pendant sept ans le MDA (Mouvement pour la démocratie en Algérie). En 1991 il rentre en Algérie. Depuis juillet 1992, il vit de nouveau en Suisse.

Chadli Bendjedid : né en 1929, maquisard du FLN, il

suivra une carrière militaire à l'Indépendance. Il devient le troisième président algérien après la mort de Houari BOUMEDIENE en décembre 1978. Il sera contraint à démissionner le 10 janvier 1992 après le premier tour des élections législatives qui ont donné une nette avance au Front islamique du salut, le FIS, avec lequel il s'apprêtait à cohabiter.

Houari BOUMEDIENE : né en 1932 ; après des études à Tunis, il rejoint l'ALN, l'Armée de libération nationale, fin 1956. Il la dirigera à partir de la frontière tunisienne ou marocaine. À l'Indépendance il est chef d'état-major, puis ministre de la Défense. Le 19 juin 1965, il organise un coup d'État contre BEN BELLA. S'appuyant sur la Sécurité militaire, il préside l'Algérie d'une main de fer jusqu'à sa mort en décembre 1978.

Mahfoud BOUCEBCI : né en 1933, professeur de psychiatrie à Alger, il était secrétaire général de l'Association mondiale de pédopsychiatrie au moment de son assassinat le 15 juin 1993 devant son hôpital à Alger. Membre de la première Ligue algérienne des droits de l'homme en 1985, il participera à la création en 1988 du comité national contre la torture. Il était un animateur important du mouvement des citoyens qui a amené la société civile à s'impliquer dans le débat politique en Algérie.

Mohamed BOUDIAF : né en 1919, fondateur du FLN, il faisait partie du groupe des six qui déclenchèrent l'insurrection armée le 1er novembre 1954. Arrêté avec d'autres responsables politiques en 1956, il ne sera libéré qu'à l'Indépendance. En 1962, il sera arrêté après avoir créé le PRS (Parti de la Révolution socialiste). Interné dans le Sud algérien, il sera contraint en 1963 à l'exil au Maroc. Il y restera trente ans. Le 16 janvier 1992, après la démission de Chadli BENDJEDID, il rentre en Algérie pour présider le HCE (Haut Comité d'État). Initiateur d'un « projet démocratique moderne et patriotique », il sera assassiné le 29 juin 1992 à Annaba. Arrêté le jour même, son assassin n'a toujours pas été jugé.

Tahar DJAOUT : né en 1954, poète, romancier et journaliste, il sera le premier journaliste exécuté par le FIS en mai 1993, ouvrant ainsi la longue liste des assassinats d'intellectuels. Démocrate, il était au moment de son assassinat directeur de la rédaction de l'hebdomadaire *Ruptures*. Il avait reçu le prix de la Méditerranée pour son dernier roman, *Les Vigiles*, paru en 1991.

Belkacem KRIM : né en 1922, membre fondateur du FLN, responsable de la wilaya 3, la Kabylie, au moment du déclenchement de la guerre d'Indépendance le 1er novembre 1954, il sera entre 1956 et 1962 ministre de la Guerre puis des Affaires étrangères dans le gouvernement provisoire de la République algérienne, le GPRA. Il conduira la délégation qui négociera les Accords d'Évian le 19 mars 1962. Opposé au régime de BEN BELLA, il sera contraint à l'exil. En 1970, il sera assassiné à Francfort par la Sécurité militaire algérienne.

Saïd MEKBEL : né en 1940, directeur de la rédaction du quotidien *Le Matin*, journal indépendant, il est assassiné de deux balles dans la tête le 3 décembre 1994 à Alger par le GIA. Il a été rendu célèbre par ses billets quotidiens intitulés «Mesmar J'Ha». Il avait fait ses débuts de journalistes en 1962 à *Alger républicain*. Il avait cinquante-quatre ans.

Khalida MESSAOUDI : née en 1958, professeur de mathématiques, figure de proue du mouvement des femmes algériennes, elle sera en tête des manifestations contre l'adoption du code de la famille en 1984. Elle milite depuis une quinzaine d'années pour l'égalité entre les hommes et les femmes en Algérie. Depuis novembre 1993 elle est vice-présidente du MPR, le Mouvement pour la république. Elle sera blessée lors de l'attentat contre la marche organisée par le MPR le 29 juin 1994 à Alger pour exiger la vérité sur l'assassinat du président BOUDIAF.

Saïd SADI : né en 1947, docteur en médecine, psychiatre, fondateur du MCB (Mouvement culturel berbère), il a été le principal organisateur des manifestations de Tizi Ouzou en avril 1980, plus connues sous le nom de Printemps berbère. Initiateur de la première Ligue algérienne des droits de l'homme en 1985, il sera déféré pour la deuxième fois devant la Cour de sûreté de l'État. Après cinq séjours en prison, il crée en 1989 le RCD (Rassemblement pour la culture et la démocratie) qui se bat pour un projet laïc et démocratique. Face à la violence intégriste, il lance un Appel à la résistance en mars 1994. Il échappe à un attentat le 29 juin à Alger lors de la marche organisée par le Mouvement pour la république, dont il est le président depuis sa création en novembre 1993.

Chansons de Lounès Matoub

Rebelle

HYMNE À BOUDIAF

Refrain
Ô Sainte Montagne
Nous avons perdu les meilleurs

Exilé des années durant
Tu as défié et combattu l'arbitraire
De toi nous attendions le Salut
Pour ressusciter ce que d'autres ont anéanti
Derrière toi surgit la mort
Décidée par ceux qui t'ont trahi
Miséreux souvenons-nous
Nous avons aidé le Mal

Les intrigants t'ont appelé
Dans une tragédie sans issue
Invité sur ce terrain
Tu as bravé tous les risques
Ils avaient déroulé leurs cordes
Lestant au fond du puits la Patrie
Qu'ils ont coulée à pic
Devant les nations ébahies

Aεawad

Awah a tuǧal
Ruḥen aɣ irgazen ur nuklal

D lesnin teffɣeḍ tamurt
Tnufqeḍ tugiḍ leɣlaḍ
Dgek akw i nurǧa ṭbut
Bbwayen akw hemjen wiyaḍ
Teḥlelli d deffir k lmut
Bbwin ṭ id widn ur tuṛǧaḍ
Ay at lḥif xas cfut
D kwenwi i d yuǧwen ccyaḍ

Ssawlen ak id wat tindar
Ɣer tegwniṭ n ddiq qeṛṛḥen
Asm'i k id necden s annar
Ur tḥezbeḍ i yṛejjaqen
I tmurt ssefsin amrar
Tezder di temda lqayen
S uqerru i temḥezwar
Leǧnas degs a ṭnezihen

Rebelle

Tu avais trouvé ton pays bouleversé
Éclaté en clans
L'un proclamant son arabisme
Se pose en précurseur absolu
Les barbus faiseurs de voiles
Jurent qu'ils ne céderont rien
Et menacent du Jugement dernier
Tout être différent d'eux

Tu es rentré dans l'Histoire
Les générations futures te retrouveront
Le malheur ne durera pas
Même si l'indignation nous habite
L'Algérie se relèvera
Le savoir bourgeonnera
Tu as tracé la voie à la postérité
Maintenant repose en paix, Seigneur Boudiaf.

Texte écrit en juillet 1992,
quelques jours après l'assassinat,
le 29 juin, de Mohamed Boudiaf à Annaba.

Tufiḍ d tamurt tenneqlab
Tefṛeq tṛuḥ d iḥricen
Wa ijebbed iqqaṛ nek d Aɛṛab
Ulac wid iyi d yezwaren
Ma d at tmira d nniqab
Ṭgallan ur s ḍliqen
Swejden d yum lḥisab
I yemdanen i ten ixulfen

Isem ik deg-wemzruy yella
Lǧil d iteddun a t yaf
Tizelgi ur teṭdum ara
Xas akka izedɣ aneɣ zzɛaf
Lžayer ad-teḥlu am-wass a
Tamusni a d-teger ixulaf
Tneǧṛeḍ d iswi i ccetla
Tura staɛfu Mas Buḍyaf

Rebelle

IMPOSTURES

On croyait la paix venue
Elle n'est jamais arrivée
D'où viendrait-elle aujourd'hui
Même partie la France nous a légué
Le Mal incurable
Elle a produit nos zaïms*
Leur a indiqué l'héritage
A dilapider sans retenue
La faim qu'efface le savoir
En nous habite toujours
Puisque l'École est supercherie

Mon fils je ne saurais te garantir
Le savoir et la paix
Dans un pays qui dévore les siens
La langue arrachée à la France
Par le sang de nos martyrs
Est interdite à l'Algérien
Réduits à vivre de privations
Nous errons sans but
Tel un cheptel renié par son guide
Nous nous savons démunis
Le sang qui a abreuvé notre terre
Meurtrit le cœur des hommes sagaces

Nous nous sommes bercés d'illusions
Avec force certitudes
Jusqu'à aveugler notre avenir
Si nous avions anticipé les conflits
Pour en prévenir la genèse

Asm'akken nɣil tefra
Ur tefri yara
I wass a amek ara tefru
Xas akken teffeɣ Fṛansa
Ayen i ɣ d-tessegwra
D amqenin ur nḥellu
Txelq aɣ d zzuɛama
Nnan asen aṭan d ttrika
Egzert ṭ mbla akukru
Laẓ teṣṣeffeḍ leqṛaya
Degneɣ iṛekkez itekka
Imi lakul d aɣuṛu

Ay a mmi ur k ḍmineɣ ara
Tamusni d lehna
Di tmurt iteṭṭen arraw is
Tutlayt i d nekkes i Fṛansa
S leṛwaḥ n Ccuhadda
Neqḍen ṭ i Wžayri g-yils is
Di tnexṣaṣ i deg i d negwra
A nhemmel a nteddu ur neẓṛa
Am lmal yenkeṛ bab is
Xas nezraɛ ulac lɣella
F idamen teswa lqaɛa
Amusnaw yejreḥ wul is

Asm'akken nsenned s ufal
Nerra t d leṭkal
I nesdeṛɣel taggara
Limer neṭhezib i ccwal
Uqbel a d ilal

Rebelle

Nos problèmes seraient plus simples
Aujourd'hui l'ennemi abuse et provoque
Violant tous les interdits
Notre bravoure nous sauvera-t-elle
Toutes les limites sont dépassées
Le désespoir nourrit l'épuisement
Nous sommes menacés d'extinction

Y a-t-il solution au dilemme?
Même si solution il y a
En mesurons-nous le prix?
Les esprits furent souillés
Dès le jour premier
Quand on nous a orienté vers La Mecque
Pour parasiter nos âmes
Par le verbe creux
Qui prétend que religion est panacée.

Texte écrit le 18 octobre 1994,
une semaine après ma libération.

* Chefs féodaux.

Ur ṭiɣzifent tmucuha
Ass a aɛdaw yettɣebbwel iḍal
Iḍal sennig lmuḥal
Wiss m'a s tizmir tirugza
Tagwniṭ tɛedda lmiḥlal
Iṛumq aɣ d layas facal
Nugad ad-teɣbu ccetla

Taluft amek ara tekfu
Xas tebɣa ad-tekfu
Acu ara d-teǧǧ ma tekfa
Allaɣ yekcem burekku
Deg-wass amenzu
M'akken s wehhan lqebla
Izi a s yekcem s aqeṛṛu
I medden ad ifettu
D ddin i ddwa n-lmeḥna

Rebelle

COMPAGNON DE COMBAT

Compagnon de Révolution
Même si ton corps se décompose
Ton nom est Éternité
Pars en paix nous ne faillirons pas
Quoi qu'il advienne
Nous serons toujours des tiens
La tombe nous attend tous
Aujourd'hui ou demain
Nous te rejoindrons
Nous ne laisserons pas l'adversité
Briser notre volonté
Ta mort est notre serment

Tu t'es sacrifié pour nos droits
Piétinés par des chiens
Le peuple aime toujours ta voix
J'ai entendu
Nos ennemis dire
Que cette fois tu n'en réchapperais pas
Dors du sommeil du nourrisson
Nous veillerons sous les étoiles
Pour perpétuer ton Existence
Quant au rythme qui fait l'Histoire
Nul ne nous en détournera
Ne perturbe plus ton repos

Combien d'autres t'ont suivi
Désormais il y a plus de tombes
Que de maisons dans nos villages
Les cheiks qui forment leurs émules

Ay aḥbib n tegrawla
Xas terka lǧessa
I lebda a d beddren ism ik
Xas henni ur nfeččel ara
Ayen ibɣu yeḍṛa
D nekwni i d imawlan ik
Yeṛǧa yaɣ akw uẓekka
Ass a neɣ azekka
A nernu s idissan ik
Tamara ur ṭ netṭaǧǧa ara
Ad aɣ taɛfes tirugza
Teǧǧa yaɣ d laɛhd lmut ik

Teṭnaɣeḍ ɣef izerfan
Iṛekḍen yiḍan
Ḥemmlen akw medden ṣṣut ik
Sliɣ asen m'i s nnan
Wid enni i ɣ yecqan
Tikkelt a urd as yeslik
Xas ṭṭes iḍes n ṣṣebyan
A nɛawez i yetran
A d neṭmektay tudert ik
Ma d-tikli s itedu zzman
Urd aɣ ṭ iṭbeddil wemdan
Etthedden mdel ccefṛ ik

Deffir ek d izli i n yernan
Myeɣleb iẓekwan
Wala ixxamen di tudrin
Lecyax yeṭṛebbin lexwan

Rebelle

Repus de sacrifices
Se prosternent devant les nihilistes
Qui sèment la terreur
Et n'épargnent nul lieu
Ils égorgent au nom de Dieu
Et par la violence et le feu
S'en prennent aux gens du Savoir
Qui désormais assumera la probité?

J'ai entendu ta sœur hurler
Blottie contre sa mère
Quand les youyous perçaient l'horizon
L'emblème qui arrime l'attente
Ne sera pas altéré
Même au prix d'autres veuvages
Saboteurs et intrigants
Veulent briser notre courage
Solidaires dans le chaos
Quant à l'animal égaré
Il a la bride de travers
Et claironne que la paix règne sur nos villages.

Texte écrit le 19 octobre 1994.

Ṛwan iseflan
A sen ṭqezziben ad-terkin
Sseɣlin d rrehba g-yzenqan
Ur zgilen amkan
Zellun s yisem n ddin
Ẓẓuṛ d lfuci imaɛfan
Ɛeṭṭlen yess widak yeɣṛan
Tezdeg m'ara a ṭ id awin

Weltmak sliɣ as tuɣwas
Tẓemḍ iṭ yemmas
Mbaɛid sserḥent teɣratin
Laɛlam iccudden layas
A gm'ur iṭeɣras
Nɛemmed i tuğla n-tlawin
At rrebrad d at-tkerkas
Iṭhuddun tissas
Mğamalen ard a ṭ rwin
Abhim nni ɛaṛqent as
Igguma ad yeṛẓ ṣṣrima s
A sen iqqaṛ hennant tudrin

Rebelle

KENZA

Le ciel est trouble il se fissure
La pluie a lavé la tombe
Les eaux déchaînées se déversent
Emportant tout sur leur passage
De sous les dalles un cri déchirant retentit
Clamant la colère et l'impuissance

Kenza ô ma fille
Ne pleure pas
En sacrifiés nous sommes tombés
Pour l'Algérie de demain
Kenza ô ma fille
Ne pleure pas

Même si la dépouille s'étiole
L'idée ne meurt jamais
Même si les temps sont rudes
On aura raison de la lassitude
Même s'ils ont fauché tant d'étoiles
Le ciel ne sera jamais dépouillé

Kenza ô ma fille
Supporte le fardeau de ta douleur
En sacrifiés nous sommes tombés
Pour l'Algérie de demain
Kenza ô ma fille
Ne pleure pas

Iceqqeq ifsex igenni
Lehwa tessared aẓekka
Yal targ'a tremmeg a tneggi
A ţseggixent tɣuza
Ddew tmedlin teffeɣ d teɣri
Tesṛaṛeḥ abbuh a tarwa

A Kenza a yelli
Ṣebṛ as i lmeḥna
D isflan neɣli
F Lžayer uzekka
A Kenza a yelli,
Ur ţru yara

Xas terka lǧessa tefsi
Tikti ur teţmeţţat ara
Xas fellaɣ qesḥet tizi
I facal a d naǧǧew ddwa
Xas neqḍen acḥal d itri
Igenni ur inegger ara

A Kenza a yelli
Ur ţru yara
Sebba f neɣli
D Lžayer uzekka
A Kenza a yelli,
Ur ţru yara

Rebelle

Ils ont scellé par avance notre sort
Bien avant qu'aujourd'hui n'advienne
Les pourchasseurs de l'intelligence
Jettent sur le pays la nuit de l'horreur
Ils ont tué Tahar et Flici Boucebsi
Et tous les autres
Ils ont tué Smaïl et Tigziri
Smaïl ils ne l'ont pas épargné

Kenza ô ma fille
La cause pour laquelle nous sommes tombés
C'est l'Algérie de demain
Kenza ô ma fille
Ne pleure pas

Pourvu que l'un d'entre eux nous survive
Il attisera le feu de la mémoire
La blessure se cicatrisera
Et l'on apparaîtra enfin
Dans le concert des nations
Nos enfants pousseront d'une seule douleur
Fût-ce dans le giron du malheur

Kenza ô ma fille
La cause pour laquelle nous sommes tombés
C'est l'Algérie de demain.

*Texte écrit en juin 1993, quelques semaines
après l'assassinat de Tahar Djaout.*

Fran ṭ fellaɣ zikenni
Uqbel a d yeḥḍeṛ wass a
Iṣeggaden n tmusni
F tmurt ɣeḍlen d rrehba
Nnɣan Racid Tigziri
Smaɛil ur t zgilen ara
Nnɣan Lyabes d Flisi
Busebsi d wiyaḍ meṛṛa

A Kenza a yelli
Ṣebṛ as i lmeḥna
D isflan neɣli
F Lžayer uzekka
A Kenza a yelli,
Ur ṭru yara

Xeṛsum d yiwen a d yegwri
Ad aɣ i d ismekti azekka
F lǧerḥ iqceṛ a d yali
A d nban ger tmura
Tarwa nneɣ a d-tennerni
Xas akken g-wrebbi n-tlufa

A Kenza a yelli
Ur ṭru yara
D isflan neɣli
F Lžayer uzzeka
A Kenza a yelli,
Ur ṭru yara

Réalisation PAO : Dominique Guillaumin

Impression réalisée sur CAMERON par
BRODARD ET TAUPIN
La Flèche

pour le compte des Éditions Stock
27, rue Cassette, Paris VIe
en juin 1998

Imprimé en France
Dépôt légal : juin 1998
N° d'édition : 0241 – N° d'impression : 6155U-5
54-31-4440-03/1
ISBN : 2-234-04440-5